박수칠 때 왜 떠납니까 ♡

삶이라는 ——————— 농담
완벽한

삶이라는 ─────── 농담
완 벽 한

이경규 에세이

쌤앤파커스

추천의 글

이 책을 읽고 새삼 한 사람의 내면에는 무수히 많은 세계가 있다는 걸 깨달았다. 이경규라는 사람의 세계가 이렇게나 무궁무진했다니 정말 놀랍다. 내가 그동안 보고 느꼈던 경규 형님과 이 책을 읽고 난 이후의 경규 형님은 정말 달랐다. 그가 일과 삶, 꿈에 얼마나 진심인지, 왜 그가 예능계의 대부로 지금까지 굳건하게 살아남을 수 있었는지 생생하게 알 수 있었다. '영원하라, 이경규!' 오래도록 그의 발자국을 이정표 삼아 걸어가고 싶다.

_유재석(MC, 개그맨)

내가 죽어라 공부할 때 이경규는 죽어라 노는 친구였다. 커서 어떤 사람이 되려나 궁금했는데 〈몰래카메라〉로 대한민국을 웃게 만들더니, 〈양심냉장고〉로 대한민국의 양심을 지키고, 45년 내내 한국을 대표하는 MC로, 아주 기막히게 대단한 사람이 되었다. 제자들에게 이경규 이야기를 자주 한다. 공부할 거면 제대로 하고, 놀 거면 제대로 놀라고. 그래야 뭐든 제대로 될 수 있다고 말이다. 바로 이경규처럼. 그의 삶은 언제나 나에게 건강한 자극을 준다. 읽지 않고는 못 배기는 이경규의 첫 에세이가 반가운 이유다.

_손주은(메가스터디 회장)

내가 일중독 다작왕으로 불리는 데에는 경규 형 지분이 매우 크다. 당장 못 쓰는 유산보다 당장 쓸 수 있는 재산이 소중한 처절한 현실주의자 이경규. 갈수록 예측이 어려워지는 요즘 세상에 가장 최적화된 삶의 노하우를 무심하게 건넨다.

_**전현무**(방송인)

저는 어려서부터 이경규 선배님의 개그를 보며 자랐고, 선배님의 추천 덕분에 방송에 데뷔할 수 있었습니다. 선배님은 언제나 제 마음속 최고의 스타이자 은인이었습니다.

이렇듯 제 인생에 지대한 영향을 주신 선배님이지만 불행하게도 제겐 선배님과 마주앉아 아주 사소한 담소조차 나눌 기회가 없었던 것 같습니다.

TV에 나오는 선배님은 자신을 드러내기보다는 웃음에 충실한 분이었기에… 문득 본인의 생각과 철학을 말씀하시는 찰나의 순간이면, 어찌나 집중해서 귀동냥을 했는지….

선배님의 책을 저만큼 기다린 사람이 있을까요? 예능인의 길에서 언제나 제게 영감의 원천이었던 선배님의 이야기를, 이제 설레는 마음으로 열어보려 합니다.

_홍진경(방송인)

나는 줄곧 방송에서 '이경규의 프로 수발러'를 자처했다. 하지만 진실을 말하자면, 난 한 번도 수발을 든 적이 없다. 오히려 수발을 받아왔다. 고깃집에 가면 형님이 고기를 구워준다. 사무실에 가면 형님이 김치전골을 끓인다. 차를 타면 형님이 운전대를 잡는다. 낚시터에 가면 낚싯대 펴는 것부터 접는 것까지 형님이 다 해주신다. 그럼 난 뭘 하냐고? 그냥 옆에 있어 드린다. 조용히…. 토 달지 않고….

이 책을 읽으면서 경규 형님에 대해 많이 생각했다. 그는 어떤 사람인가. 부러질지언정 휘어지지 않는 사람(나랑 반대, 난 늘 휘어 있다). 삶의 부피보다 밀도를 추구하는 사람. 우주에 압도되어 무너질 줄 아는 사람. 스스로 묻고 자신만의 대답을 찾는 사람. 만날 때마다 새로운 면을 하나씩은 보여주는 사람. 자기 자신을 절벽으로 몰면서도 광야로 나아가는 사람. 웃긴 사람. 웃기는 사람. 웃길 사람. 답이 없다는 것이 답이라는 것을 알면서도 답을 찾는 것 자체가 답이라며 "답답하네!"를 외치는 사람. 무덤에 들어가기 전 "지금까지 몰래카메라였습니다" 하고 외칠 사람.

인간 이경규의 진심이 궁금한 분들은 이 책을 펼쳐 보시길. 평범하게 비범하고, 비범하게 평범한 이경규의 세계가 펼쳐질 것이다.

_이윤석 (방송인)

〈나만 믿고 따라와 도시어부〉는 이경규 선배님을 믿고 따라갔기에 성공한 프로그램이었다고 생각한다. 예능 프로그램에서 선호하지 않는 '낚시'라는 소재를 이토록 재미있게 만들어준 건 선배님의 연륜 덕분이었다. 선배님은 마치 낚시할 때처럼 끌어야 할 때 끌어주고, 놔줘야 할 때 놔주며 능수능란하게 프로그램을 이끌어가는 사람이다. 많은 영감을 주는 선배님의 연륜이 어디에서 나왔는지 이 책을 통해 알 수 있었다. 이경규만의 생존방식이 궁금한 분들에게 일독을 적극 권한다.

_장시원(〈나만 믿고 따라와 도시어부〉, 〈최강야구〉 PD)

이경규를 예술가로 비유하자면, 현대미술의 아버지라 불리는 폴 세잔과 같다고 생각한다. 콩트와 쇼가 주를 이루던 한국 예능에, '리얼리티'라는 새로운 사조를 만들었기 때문이다. 그리고 이런 방송 트렌드의 최전선에서, 온갖 포맷과 플랫폼을 넘나들며 오래 정상의 자리를 지켜온 제일 큰 이유는 천부적인 감각만큼이나 중요한 이경규의 '철학'이다. 때로는 '꼰대'라고 불리기를 주저하지 않고, 방송과 코미디언이란 어떤 존재여야 하는지에 대해 지켜온 본인만의 뚜렷한 소신. 문화의 한 영역에 있어 트렌드를 넘어 클래식이 되어버린 이가 끊임없이 새로움을 포착해온 방법, 그의 생존의 방식과 통찰이 이 책에 오롯이 담겨 있다.

_권해봄(〈마이 리틀 텔레비전〉, 〈찐경규〉**PD**)

TV로만 보던 코미디언 이경규를 영화제작자 이경규로 만난 지도 10년이 지났다. '영화계의 규라인'으로 그와 함께 시나리오를 쓰며 삶과 영화를 배웠다. 그럼에도 그의 깊이를 살피는 것이 힘들었는데 이제 이 책으로 인간 이경규와 또렷이 마주하게 되었다. '누군가와 함께할 수 있다는 것이 어떤 소확행보다도 크고 확실한 행복'이라는 책 속 그의 말처럼, '전설의 웃음 제조기'와 동시대를 사는 것이야말로 우리의 대확행이 아닐까? 이제 이경규를 읽어라. 오랜 시간 우리를 웃고 울게 했던 그의 어떤 쇼보다 더 새롭고 감동적인 이야기를 경험하시라.

_김호연(《불편한 편의점》,《나의 돈키호테》작가)

시작하며

아침에 일어나 강아지들 뒤치다꺼리하고 현미밥에 나물 반찬 차려서 아침으로 먹고 집을 나선다. 젊을 때는 하루하루가 바다로 떠나는 고기잡이배 같았는데, 이제 초등학생만큼 정해진 시간표대로 생활한다. 누군가는 무료하다 하겠지만 이제야 순리대로 사는 법을 알게 된 것 같다.

책으로는 처음 인사를 드린다. "안녕하십니까? 이경규입니다." 오래 살았지만 아직도 처음인 일이 있다는 게 신기하고 재미있다.

글을 쓰기로 하고서 나는 다른 사람과 무엇이 다른가 곰곰이 생각해봤다. 주섬주섬 하나 꼽아보자면, 새로운 것에 두려움이 없었던 것 같다. 방송을 하면서 우리나라에 있는 섬이라는 섬에는 전부 발도장을 찍었고, 지구도 세 바퀴는 돌았다. 잊지 못할 경험도 많았고, 잊지 못할 사람들도 많이 만났다. 그것이 다 나의 소중한 자산이 되었다.

가끔, 사는 것이 농담 같다는 생각을 한다. 그것도 아주 완벽한 농담. 어떤 일에 한없이 마음을 졸이다가도 지나고서 보면 허허 웃음이 나온다. 웃으면서 삶을 끝낼 수 있다면 우리 모두 인생을 무사히 농담으로 그려내는 셈이다. 그런 점에서 우리 모두가 각자 인생의 희극 배우들이 아닌가 싶다.

평소 자주 하는 말이 있다. '길을 만들지 마라. 내버려두면 길이 생긴다.' 이렇게도, 저렇게도 가다 보면 오솔길이 되고 큰길이 된다. 그렇게 만들어지는 길이 나에게 제일 편한 길이다. 두려워하지 말고, 무서워하지 말고, 한번 가보자.

돌아보니 참 재미나게 살았다. 젊어서는 추억을 만들고, 나이를 먹어서는 추억을 되새기며 산다고 한다. 나의 되새김질에서 몇 가지는 읽는 분들의 마음에 남았으면 한다.

추신. 말이 때로는 거칠 수도 있다. 너그러이 이해해주시길 바란다.

2025년 2월

이경규

차례

4장 어쩌면 생겨나와 이 이야기 듣는가

5장 굵고 길게 사는 중입니다

1장

삶이라는
완벽한 농담

돌아올 수 없는
강을 건넜다

약국에 약을 타러 간 날이었다. 그런데 약사가 약을 건네주면서 "이경규 씨가 계시니까 제가 괜히 무섭네요" 하는 것이다. 난 그저 조용히 약을 기다리고 있었을 뿐인데. TV에서, 유튜브에서 얼굴을 구기며 버럭 호통을 치고, 마음에 안 들면 불같이 화를 내고, 말리는 손들을 뿌리치며 하고 싶은 대로 해버리는 사람. 어느새 나는 대중에게 그런 사람으로 기억되었나 보다. 머쓱하게 웃으며 약봉투를 건네받았다.

옛날에는 악역 배우가 길거리를 못 걸어 다녔다. 식당에서 난데없이 욕을 먹거나 심지어 길거리에서 사람들이 돌을 던지기도 했다. 현실과 드라마를 구분하지 못했기 때문일 것이다. 지금은 악역으로 상을 받기도 하지만 예능에서 비춰지는 캐릭터는 또 다르다. 아직 멀었다. 드라마나 영화에서의 역할은 허구여도 예능에서의 모습은 '리얼'이라고 생각한다. 그래서 사람들에게 더 깊이 각인된다.

오랫동안 카메라 앞에서 호통을 쳤더니 이제는 나도 진짜 나와 캐릭터 사이의 경계가 흐릿하게 느껴진다. 정말 화가 날 때는 더 헷갈린다. '난 지금 진짜 화가 난 건가, 웃기려고 화난 척을 하는 건가?' 그러고 보니 유독 그런 오해를 많이 받아온 듯하다. MBC 〈몰래카메라〉를 찍을 때는 '이것도 몰래카메라 아니야?'라는 소리를 수도 없이 들었고, MBC 예능 프로그램 〈일요일 일요일 밤에〉 간판 코너 〈양심냉장고〉가 방영되던 때는 만나는 사람마다 조작 아니냐며 의심을 받았더랬다.

그러나 이것도 내가 받아들여야 하는 운명일 테다. 이제는 돌아올 수 없는 강을 건넜다. 그렇다고 이미지를 바꾸고 싶지도 않다. 이제 와서 갑자기 '친절한 경규 씨'가 되어 봐야 '저 인간 왜 저래?' '어디 아픈 거 아니야?'라는 소리나 들을 테니까.

열 명 중 나를 좋아하는 사람이 일곱이면 셋은 나를 싫어한다고 한다. 누군가 나를 싫어한다는 사실에만 목을 맬 필요가 없다. 때로는 나를 싫어하는 사람이 있기에 나를 좋아해주는 일곱이 더 빛나 보이고 소중하게 여겨진다. 우리 몸에 좋은 균과 나쁜 균이 함께 사는 것과 마찬가지다. 7 대 3 대신 3 대 7이 되지는 않아야 할 텐데….

워낙 호통을 치거나 정 없는 이미지로 알려져 있다 보니 한번은 카카오TV 〈찐경규〉에서 '미담 주작단'을 기획하기도 했다. '이경규' 하면 떠오르는 미담이 없으니 일부러 만들어서 인터넷에 직접 퍼뜨리자는 식이었다. 희한한 기획이다 싶었지만 어쩌면 그게 내가 살아온 방식인지도 모른다. 세상에 없다면 내가 만들어내는 것 말이다.

연기가 반, 실제 내 모습이 반 합쳐져서 수십 년 동안 쌓이고 쌓인 것이 지금의 내 캐릭터다. 굳이 바꾸려 하지 않는다. 그럴 수도 없다. 그저 흘러가는 대로, 때로는 호통도 치고 때로는 웃음도 주면서 이경규의 색으로 살아갈 뿐이다.

웃음의
진화

나는 운이 좋은 코미디언이다. 실제로 좋아하고 즐기는 취미들을 여러 번 방송으로 만들 수 있었다. 2008년 MBC every1 〈이경규의 골프의 神〉부터 채널A 〈나만 믿고 따라와 도시어부〉까지. 하지만 단순히 같은 취미를 공유하는 사람들만 겨냥한 방송은 아니다. 〈도시어부〉의 성공비결은 낚시를 즐기는 사람들이 늘어나서도 있지만, 프로그램에 낚시를 둘러싼 인간의 심리를 담았기 때문이다. 나이도 먹을 만큼 먹은 아저씨들이 "왜 나는 못 잡지?" 하며 분노

하고 경쟁과 질투, 자리다툼을 하는 본능적인 심리에서 낚시의 본질적인 재미를 포착했다.

하루하루 시간이 어떻게 흘러가는지 모르겠다. 방송 흐름의 변화는 더 요지경이다. 인터뷰를 할 때마다 나에게 다음 예능 트렌드를 묻는 사람들이 많다. 점쟁이는 아니지만 보고 들어온 연륜이 있으니 그때그때 하고 있던 생각을 풀어낸다.

일본에서 유학하던 시절에는 일본 방송 트렌드를 보고 책을 썼다. 당시 일본은 아침부터 저녁까지 '맛있다'를 외치는 요리 방송뿐이었다. 무려 6,000여 명의 탤런트가 소속돼 있는 일본 대형 연예 기획사, 요시모토 흥업에도 방문했었다. 축구선수, 야구선수까지 모두 계약돼 있는 걸 보면서 놀랐다. 얼마 가지 않아 일본 예능에 운동선수가 나와 활약하기 시작했다. 그걸 보면서 한국에서도 곧 주방장과 운동선수들의 시대가 오겠다는 예감이 들었다.

사람은 똑같은데 시간이 지나면서 코미디언, 개그맨, 예능인까지 부르는 이름도 많아졌다. 큰 차이는 없을 것이다. 나도 마찬가지다. 요즘 방송에서는 '예능 대부'라고 하지, 더 이상 코미디언이라고 하지 않는다. 나는 왜인지 코미디언이라는 말에 정이 간다. 일단 나는 웃기는 사람이니까.

안타깝지만 코미디언의 시대는 저물고 있다. 이전에는 방송국마다 간판 코미디 프로그램이 있었는데, 시청률이 떨어지기 시작하더니 이제는 거의 다 사라졌다. 코미디언들은 어느 순간부터 유튜브로 흩어졌고, 방송국은 공채든 특채든 새로운 코미디언을 뽑지 않는다. 예능 프로그램은 어떤 유행이든 우르르 왔다가 우르르 가버린다. 출연진도 출신이 다양해졌다. 어디까지가 예능인이고, 어디까지가 방송인일까? 경계가 모호해졌다. 운동선수인지 예능인인지, MC인지 아나운서인지.

하지만 확실히 말할 수 있는 게 있다. 웃음은 영원할 것이다. 사람들은 계속해서 웃음을 찾을 것이고, 누군가는 계속 웃음을 만들려고 할 것이다. 코미디 영화도, 시트콤

도, 스탠딩 코미디도 남아 있다. 점차 '광대'는 사라지고 있
지만.

그래도 마지막 광대인 나는 간다. 내가 좋아하는 것을
찾아 새로운 포맷을 만들어내면서. 웃음의 형태는 바뀌어
도 웃음을 찾는 여정은 계속될 것이다.

별이 가져다준
공황

공황장애. 사람을 미치게 하는 병이다. 예고도 없이 들이닥치는 건 물론이고, 한번 나타나면 사람을 옴짝달싹 못하게 한다. 처음 이 병이 찾아온 날을 지금도 또렷이 기억한다. KBS 예능 프로그램 〈남자의 자격〉에서 호주 퍼스로 횡단 여행을 떠났을 때였다. 퍼스에서 시작하여 2주 가까이 2,000킬로미터의 아웃백과 오프로드를 달리는 로드 트립이었다. 하루에 10시간씩 차를 몰았다. 한국에서 보기 힘든 끝없는 지평선이 이어졌고, 달리면서 간간이 로드

킬당한 캥거루 시체, 어딘가로 이동하는 소떼들도 만났다. 호주는 지루할 만큼 넓었고 우리는 특별한 이벤트 없이 몇 날며칠을 계속 달리기만 했다.

오프로드를 달리는데 가도 가도 까마득한 지평선은 계속 같은 자리에 있었다. 10일 동안 하루는 달리고, 하루는 텐트를 치고 쉬기를 반복했다. 밤 9시에 랜턴을 끄면 갑자기 딴 세상이 펼쳐졌다. 별들이 바로 눈앞으로 내려온 것처럼 생생했다. 은하수는 물론이고 별들이 폭죽처럼 터져 있었다. 태어나서 처음 보는 별세계였다.

"몇만 년 전의 별이래요."

하늘을 뒤덮은 수많은 별들을 바라보는데 갑자기 눈물이 났다. 이내 온몸이 저리기 시작하더니 가슴이 미친 듯이 뛰었다. 그러다가 몸이 무너졌다. 겨우겨우 차에 올라 탔지만 바로 쓰러졌다. 10일간의 긴장, 끝없는 운전, 그리고 우주의 압도적인 존재감이 내 몸을 부숴버렸다. 스태프들이 사지를 마사지해줬지만 소용이 없었다. 그때가 공황장애의 시작이었다.

한국에 돌아와도 가슴은 계속 두근거렸다. 병원에 가니 호르몬 분비 이상이라고 했다. 보일러를 34도로 틀어놨는데 갑자기 36도로 올라갔다가 30도 아래로 확 떨어지는 일이 내 몸에서 일어나고 있었다. 지금도 약을 안 먹으면 3일 만에 공황이 다시 찾아온다. 10년이 지났지만 약을 끊지 못하고 있다. 사람이 많은 실내는 힘들다. 종합체육관처럼 열린 공간은 괜찮지만 밀폐된 곳은 오래 견디기 어렵다.

부모는 자식에게 건강한 유전자를 물려줬는데, 내가 나를 너무 함부로 다뤘다. 우주의 신비 앞에서 무너진 몸이 아직도 흔적을 안고 산다. 그날 본 별들처럼, 내 불안도 몇만 년을 날아온 걸까. 약으로 가라앉혀도 사라지지 않고, 내 몸 어딘가에서 여전히 밤하늘처럼 반짝이면서.

긴장과 고독
사이에서

어느 프로그램에서 나더러 'No 논란 No 미담'이라고
했는데, 웃음이 나왔다. 그래, 맞는 말이다. 40년간 큰 실수
가 없었던 건 그만큼 긴장을 놓지 않은 덕분이다. 편하게
방송한다고 핀잔도 듣지만 때로는 억울하다. 그건 순전히
예능에서의 내 캐릭터다. 카메라 앞에 선 뒤로는 단 하루
도 마음을 놓은 적이 없다.

나는 PD를 귀찮게 하는 사람으로 제작진 사이에서 소
문이 자자하다. 별수 없다. 지금도 녹화가 끝나면 곧바로

PD에게 전화를 건다. "이 부분은 과했어요." "저 표현은 비하하는 것 같아요." "그 장면은 편집해주세요." 집에 돌아와 생각해보면 마음에 걸리는 구석이 한두 가지가 아니다. 이런 전화를 수십 년째 하고 있다. 민망할 때도 있지만 그 정도야 아무것도 아니다.

드라마나 영화는 촬영 전에 대본을 다듬고 수정할 수 있다. 하지만 순발력과 애드리브가 필요한 예능은 매순간이 살얼음판이다. 웃음 하나가 상처가 되고, 농담 하나가 차별이 될 수 있다. 세상이 빠르게 변화하는 만큼 기민하게 발맞춰야 한다. 연령, 장애, 페미니즘… 매순간이 시험이다.

긴장을 놓지 않기 위해서 나는 혼자 있는 연습을 한다. 나이를 먹을수록 혼자이기 위해서는 연습이 필요하다. 방송 대기실에서도, 일이 없을 때도 혼자임에 익숙해지려 한다. 외로움이 찾아와도 전화기를 들지 않는다. 처음부터 고독이 편한 사람은 없다. 말이 많아지면 자연스레 실수가 잦아진다. 어쩔 수 없는 인간의 섭리다. 이것도 미리 연습

하고 훈련해야 한다.

누군가는 묻는다. "왜 혼자 계세요?" 다른 사람들에게 부담을 주지 않기 위해서다. 말 한마디로 상처를 주고받기 쉬운 세상에서 얼마나 조심해야 할지, 어디까지 나서야 할지, 아직도 가늠할 수 없어서 더 긴장된다. 사람마다 상처받는 지점이 다르다. 인간이 얼마나 복잡하고 연약한 존재인가. 그 긴장이 쌓일수록 고독은 더 깊어진다.

하지만 괜찮다. 고독은 언젠가 나를 지키는 방패가 되어주고, 긴장은 실수를 막는 방어막이 되어줄 것이다. 기회는 혼자 있는 시간에 찾아온다. 그렇기에 혼자 사색하는 시간이 필요하고, 웃음을 터뜨리고 싶을수록 침묵하는 시간이 필요하다.

나는 고독을 낚시에서 배웠다. 춘천 소양호에서 낚시를 하며 이틀을 보냈다. 사람들은 묻는다. "이틀 동안 무슨 생각하세요?" 생각하지 않는다. '왜 고기가 안 물지?' 그 생각뿐이다. 그래서 낚시가 좋은 것이다. 도시의 시끄러운 소음과 내 마음의 소란에서 벗어나게 해준다.

옛 그림들을 보면 낚시꾼들이 자주 등장한다. 홀로 쪽배를 타고 흐드러지게 핀 복사꽃 아래를 지나기도 하고, 초립을 쓰고 강가에 앉아 적막을 즐기기도 한다. 그림 속 낚시꾼들은 대단한 철학자처럼 보인다. 하지만 실상은 아마 그도 물 위에 떠 있는 찌만 바라보고 있었을 것이다. 생각을 비우는 것, 그게 진정한 사색이다.

요즘 사람들은 끊임없이 전화를 하고, 메시지를 보내고, 누군가를 만나고, 움직인다. 외로움이 무서워 사고를 치기도 한다. 시끄러운 도시 한가운데 있기 때문이다. 도시에서는 생각을 정리할 수 없다. 너무 소란스럽고, 다들 너무 바쁘다. 나도 바빠야 할 것 같다.

10년 전에는 낚시를 가도 다른 사람과 함께였다. 낚시터에서 술을 마시고 이야기도 나눴다. 이제는 혼자 있어도 좋다. 특별한 계기가 있어서가 아니다. 조용히 조금씩 앞으로 올 고독한 시간들을 준비하기 위함이다.

붕어 낚시는 골프처럼 돈이 많이 들지도 않는다. 혼자

훌쩍 차를 몰고 가서 자리를 잡고 앉으면 된다. 때로는 아무것도 하지 않는 순간이 가장 값진 순간이 된다.

그래서 나는 오늘도 조용히 혼자가 되는 연습을 한다. 나이가 들수록 혼자 있는 시간은 더 늘어날 것이다. 나는 그 시간을 끝내주게 잘 보내고 싶다. 40여 년의 무대가 가르쳐준 생존의 방식이다.

인간에게 남은
마지막 수렵

나의 낚시 인생은 낙동강에서 시작되었다. 부산에서 태어난 것도 그렇고, 결국은 낚시로 향할 운명이었던 걸까. 낙동강 하류에서 지렁이를 미끼로 붕어를 낚던 어린 시절부터 낚시는 내 삶의 한 부분이었다. 그 소년이 〈도시어부〉를 만드는 어른이 됐다.

낚시는 무뚝뚝한 아저씨들끼리도 쉽게 공통분모를 엮어주는 기묘한 우정의 매개체다. "낚시 좋아하세요?" 한마디만으로도 친구가 된다. '낚시를 좋아하는 사람이라면 분

명 통하는 게 있겠지…' 싶기 때문일 것이다.

몇 년째 〈도시어부〉를 함께하는 이덕화 선배는 방금 낚은 물고기를 손에 쥐고서도 다음에 잡을 물고기를 생각하는 사람이다. 아마도 전 세계에서 낚시를 사랑하는 마음으로 치면 한 손에 꼽힐 것이다. 낚시가 없었다면 그는 어떻게 살았을까? 이런 생각이 들 정도다.

낚시하는 프로그램을 시작하면서 한 가지 바람이 있었다. 사람과 사람을 이어주는 연결고리로서의 낚시를 시청자에게 보여주고 싶었다. 물고기를 기다리며 나누는 대화, 입질의 순간을 함께 기뻐하는 동료애, 낚시 기술을 서로 배우고 가르치는 과정에서 피어나는 존중, 그 사이사이에서의 은근한 경쟁심까지. 한번 낚시에 빠지면 헤어 나오기가 힘든 이유들이다.

언젠가 봉은사 주지스님을 만났을 때, 낚시를 시작한 이후 내내 궁금하던 질문을 은근슬쩍 던졌다. "스님, 낚시는 불교의 가르침에 어긋나지 않나요?" 스님의 답은 의외로 현실적이었고 어딘가 불안했던 내 마음도 편안해졌다.

"방생을 많이 하세요."

낚시는 이제 내 삶에서 빼놓을 수 없는 중요한 부분이 됐다. 낚시꾼들은 모순투성이다. 아침에 풀어줄 붕어를 밤새 어망에 가둬두고, 또 낚시를 한다. 왜 바로 풀어주지 않고 자기 옆에 가두어둘까? 밤새 잡은 스무 마리를 굳이 모아두었다가 한꺼번에 풀어준다. 뭐든 손에 넣고 싶어 하는 인간의 소유욕이 만들어낸 기이한 의식일까?

낚시터에서 떠도는 우스갯소리가 있다. 아내가 이혼 서류를 들고 와도, 낚시꾼은 입질이 오면 이혼 서류는 내용을 읽어보지도 않고 도장을 찍는단다. 이혼보다 지금 낚싯대에 걸린 물고기가 더 중요한 것이다.

희한하게도 낚시는 남자들이 많이 즐기는 편이다. 이는 도박과 비슷하면서도 다르다. 도박이 인위적으로 만들어낸 집착이라면, 낚시는 원시시대부터 우리 몸속에 자리 잡은 수렵 본능, 멀리 떠나 사냥을 해오던 유전자가 사라지지 않고 남아서 낚시를 통해 표출되는지도 모른다. 현대 사회에서 합법적으로 허락된 마지막 수렵이기에 더욱 강렬한 매력을 느끼는 게 아닐까. 물고기를 잡으면 마치 돈을 번 것 같은 쾌감이 든다. 사냥해서 식량을 구했다는 원시적인 성취감이 든다. 그래서 정신건강에도 좋다.

한편으로는 폭력적이기도 하다. 참치 낚시는 그 폭력성을 극명하게 보여준다. 몇백 킬로그램에 달하는 참치를 잡을 때도 사투를 벌여야 하고, 간신히 갑판까지 끌어올려도 참치가 날뛰어 다치기 전에 직접 제압해야 한다.

이 모든 요소들이 낚시의 본질이며, 내가 낚시를 사랑하는 이유다. 물론 진심으로 감사하는 마음은 항상 간직해야겠지. 나를 이토록 행복하게 만들어주는 건 또 없을 테니까.

"스님, 낚시는 불교의 가르침에 어긋나지 않나요?"

"방생을 많이 하세요."

대기실의
침묵

방송국 대기실은 공연 전의 무대 뒤와 같다. 삼삼오오 모여 앉아 수다를 떨며 막이 오르기 전에 긴장을 푸는 공간이다. 저마다의 방법이 있겠지만 나는 예전부터 꿋꿋이 침묵을 고수한다. 그런데 몇몇 사람들이 보기에 코미디언이 사석에서 입을 꾹 닫고 있는 모습이 여간 어색한 게 아닌가 보다. 마치 주방장이 식사를 거르는 것 같으려나. 등 뒤로 이런 말들이 지나갔다.

"경규 선배는 좀 차가워요."

"방송만 끝나면 휙 가버리시더라고요."

하지만 주방장이 요리를 내기 전에 맛있는 음식을 다 먹어버리면, 손님들은 무슨 맛을 기대할 수 있을까? 방송도 요리와 같다. 주방장이 중심을 잘 잡아야 한다. 재료가 신선해야 하고, 특히 첫 맛이 중요하다. 대기실에서 재미있는 에피소드를 미리 얘기해버리면, 정작 카메라 앞에 내어갈 수 있는 건 한 김 식은 반찬들뿐이다.

몇 차례 오해와 해명을 거치고 나니 사람들도 나를 이해해주기 시작했다. 내 침묵은 내가 무례해서도 아니고 다른 출연진들을 무시해서도 아니다.

공연 전에 악기를 조율하는 것처럼, 용 그림에 마지막으로 눈을 그려 넣기 전에 잠시 붓을 멈추는 것처럼, 나에게도 그런 시간이 필요하기 때문이다.

지금도 가끔 그때 받았던 오해들이 떠오른다. 하지만 동시에 감사하기도 하다. 오해들을 풀면서 또 재미있는 방송을 만들 수 있었다. 어쩌면 이게 모두가 겪는 일일 것이다. 내가 모르는 새에 오해가 쌓이고 부풀려지기도 한다. 때로는 오해를 감수하더라도 자신이 믿는 가치를 지켜내야 한다. 이제는 확신할 수 있다. 진정한 소통은 침묵에서 시작된다. 대기실의 침묵이 무대 위에서 큰 웃음으로 터져나오는 것처럼.

공연 전에 악기를 조율하는 것처럼,
용 그림에 마지막으로 눈을 그려 넣기 전에
잠시 붓을 멈추는 것처럼,
나에게도 그런 시간이 필요하다.

젓가락만 한 혈관이
가르쳐준 것

　젊을 때는 건강이 영원한 줄 알았다. 혈당도 고지혈도 콜레스테롤은 물론이고 술, 카페인, 니코틴도 일체 신경 쓰지 않았다. 그랬기 때문일까? 내가 너무 무심했나? 자연 스러운 수순으로 공황장애에 이어 관상동맥 하나가 막혔 다. 관상동맥은 심장에 피를 공급하는 동맥이다. 나는 그 세 개 중에 하나가 막혔다. 젓가락만 한 혈관이 보이지 않 았다.

　동맥이 막히자 처음에는 5미터도 못 걷고 주저앉았다.

러닝머신은 30초가 한계였다. 며칠을 그렇게 지내면서도 '요즘 피곤한가? 왜 이러지?' 하고 대수롭지 않게 여겼다. 한참 지나고서야 병원에 가니 조영제를 넣어보자고 했다. 검사를 시작하고 1시간쯤 흘렀나. 의사가 한숨을 쉬며 말했다. "관상동맥이 이만큼 막히면 보통은 죽어요." 다행히 주변 실핏줄들이 대신 심장에 피를 공급해줘서 살아 있을 수 있었다.

관상동맥이 막히면 스텐트라는 작은 스프링을 혈관에 넣어 막힌 곳을 열어줘야 한다. 심장 부위라 정신이 깨어 있어야 한다고 해서 수면마취 없이 3시간 동안 천장을 보며 누워 있었다. 내 몸에 철사가 들어오는 게 생생하게 느껴졌다. 휴대폰도, TV도, 낚싯대도 없이 천장만 바라보며 기다리는 3시간. 대여섯 명의 의사들이 수술실을 오가는 동안 멍하니 내 인생을 돌아봤다.

고향에서 서울로 올라오던 날부터 군대, 월드컵, 결혼, 딸과의 첫 만남…. 병실에 있는 모니터를 보며 내 심장의 혈관처럼 막힐 듯 말 듯했던 순간들을 떠올렸다. 그래도 어떻게든 피가 돌았던 것처럼 나는 여전히 살아 있다. 우리는 어떻게든 대안을 찾는다. 막힌 곳을 돌아 새 길을 만들면서. 나는 그 사실을 내 몸을 통해서 배울 수 있었다.

　스텐트 시술 후에는 남은 일평생 아스피린을 먹어야 한다. 공황장애약, 협심증약과 함께. 10년 전부터 약과의 동행이 시작되었다. 어디 여행이라도 가려고 하면 챙겨야 할 약이 한 다발이다. 하지만 개똥밭에서 굴러도 이승이 더 낫다. 아침마다 입에 약을 털어 넣어도 이승이 천배 만 배 더 낫다. 여기에서 약을 더 늘리지 않기 위해 이제 남은 건강이라도 잘 챙겨야 한다. 나는 끝까지 살아남고 싶으니까.

100만 원짜리
담배

"담배 끊으면 100만 원 줄게."

후배가 술자리에서 대뜸 재미있는 제안을 했다. "대신 피우면 200만 원 물어내." 내기 치고는 이상했다.

잇몸이 안 좋아서 끊었다고 말하고 다녔지만, 실은 후배가 내건 100만 원이 시작이었다. 마지막으로 담배를 피우기 전에 기념사진도 찍었다. 그때는 미처 몰랐다. 그게 진짜 마지막이 될 줄이야.

100만 원은 그 자리에서 선불로 받았다. 하루가 지나고, 이틀이 지나고, 보름이 지났다. 담배는 한 개비도 피우지 않았다. 200만 원이 아까워서가 아니다. 후배 모르게 담배를 피우는 게 왠지 창피한 마음이 들었다. 그 정도 약속도 못 지키는 사람이 되고 싶지 않았다.

젊을 때부터 피워온 담배를 끊는 건 쉽지 않았다. 밥 먹고 난 후에도 생각나고, 술 마실 때는 고역이다. 특히 옆에서 남들 피우는 모습을 보면 미친다. 묘수가 떠올랐다. 고생도 둘이 하면 낫다는데, 후배 이윤석에게 같은 제안을 했다. "100만 원 줄 테니 너도 끊자. 피우면 200만 원 무는 거야." 보름 만에 전화가 왔다. "형, 술 한잔하시죠?" 윤석은 술을 마시면서 내 앞에서 다시 담배를 물었다. 벌금은 내지도 않았다.

이전에도 한 프로그램에서 금연을 시도한 적이 있다. 그때는 하루 만에 실패했다. 담배를 다 버리고 산에 있는 펜션에 들어가 1박을 했는데, 내려오자마자 다시 피웠다. 스스로의 의지가 아니라 옆에서 어거지로 부추긴 금연은 오래가지 않았다. 공부하려다가도 옆에서 공부하라고 하면 하기 싫은 법이다.

이번에는 달랐다. 하루이틀 날이 갈수록 끊은 시간이 아깝기도 했다. 담배가 생각날 때마다 껌을 씹었다. 나중에는 껌도 끊었다. 껌을 씹으면 자연스럽게 담배가 생각이 날까 봐. 어느덧 껌도 안 씹은 지 15년이 넘었다.

어떤 변화는 생각지도 못하게 찾아오곤 한다. 농담처럼 시작한 내기가 습관이 되고, 습관이 내 삶을 바꿨다. 살다 보면 작은 선택이 큰 변화를 부르고, 우연한 제안이 운명을 바꾸기도 한다. 인생, 절대 앞날을 확신할 수 없는 이유다. 그래서 재미있기도 하고.

지금도 가끔 마지막 담배 사진을 꺼내본다. 100만 원이 바꿔놓은 내 삶의 기념사진. 가장 비싸고, 가장 값진 담배 한 개비였다.

상처와 기쁨의
줄타기

　인생은 새로움과 식상함의 반복이다. 다들 '롱런'했다고 하지만 나에게도 3, 4년마다 위기가 찾아온다. 주목받으며 새롭게 시작한 프로그램도 몇 년이 지나면 인기가 떨어지고 식상함이 찾아온다. 이제 익숙한 인생의 리듬이다. 인기가 오를 때는 아쉬움을 모른다. 호되게 떨어져봐야 비로소 얼마나 높이 있었는지를 안다.

　인기는 모래성이다. 정성스레 쌓아도 파도 한 번이면 흔적도 없이 사라진다. 겨울 아침 자동차에 낀 성에처럼 햇

살 한 번에 녹아버린다. 예방주사처럼 쌓인 상처들이 이제
는 굳은살이 됐다. 작은 상처는 견딜 만하다. 하지만 더 큰
파도가 올 것이라는 걸 안다.

초량초등학교 동문인 나훈아 선배가 은퇴를 선언하고
마지막 전국 투어 콘서트를 시작했다는 소식을 들었다. 자
신의 끝을 스스로 정했다는 점이 대단하다. 나에게는 다른
게 은퇴가 아니다. 누군가의 기억에서 희미해지는 것이 곧
은퇴다. 가장 큰 상처는 '사라짐'이다.

20년간 지켜온 〈일요일 일요일 밤에〉 저녁 6시 프로그
램이 더 이상 내 것이 아닐 때, 사람들의 기억에서 점점 잊
힐 때. 돈이 아니라 존재의 문제다. 아무리 오래 맡은 프로
그램이라도 하차할 때는 잠깐 관심을 받지만 뒤이어 새로
운 프로그램이 시작하면 다들 아무 일도 없었다는 듯이 일
상으로 돌아간다.

시간이 흘러 돌아보니, 나에게 악플은 작은 상처였다.
진짜 두려운 건 선택받지 못하는 것이다. 삼십 대에 데뷔

해서 사십 대에 끝날 수도 있고, 실수 하나에 모든 것을 잃을 수도 있다. 그런 압박에 쫓기느라 좀처럼 인생을 즐기지 못했다. 내내 치열하게 싸워야 했다. 다행히 그 속에서도 소중한 기쁨들은 있었다. 누군가 프로그램을 잘 봤다고 할 때, 새로운 구독자가 생겼을 때, 이름도 얼굴도 모르는 처음 본 이가 팬이라고 하며 반길 때….

언젠가 '해피엔딩'이라고 쓰인 장례식장에 간 적이 있다. 인생에 행복한 끝도 있을까? 아직 잘 모르겠다. 우리는 모두 줄타기하는 광대. 어떤 끝을 만날지 모르지만 떨어질까 두려워도 끝까지 가야 한다. 더 큰 파도는 반드시 온다. 그때를 대비해서 더 단단해지는 훈련을 해야 한다.

100년의
법칙

술 많이 마시고, 화도 많이 내서 얼굴이 시뻘건 사람으로 나를 기억하는 대중들이 많지만, 하나둘 건강을 잃은 뒤로 제법 몸을 챙기는 사람이 되었다.

얼마 전에는 내가 진행하는 SBS 건강 프로그램 〈이경규의 경이로운 습관〉에서 모르고 있던 새로운 상처를 발견했다. 망막열공, 망막이 찢어진 것이다. 레이저로 성을 쌓아 더 이상의 진행은 막았다. 다행히 너무 늦지 않게 발견해서 큰 화는 면했다고 의사가 말했다. 언제나 카메라가

지켜보고 있지만, 몸은 카메라가 볼 수 없는 곳에서 신호를 보내고 있었다.

몇 년 전, 우연히 당뇨 검사를 했는데 가슴이 선득해졌다. 당화혈색소 수치가 6.8퍼센트가 나왔다. 정상범위가 5.6퍼센트까지라고 하니 큰일이었다. 당뇨를 피하기 위해 내 삶을 바꿨다. 의사는 약을 권했지만 나는 다른 길을 선택했다. 100년이라는 시간을 기준 삼아, 100년 전에 없던 음식은 먹지 않기로 했다. 단순하지만 강력한 규칙이다. 내 입에 들어가는 음식 중에서 현대 문명이 만들어낸 모든 것들을 지웠다.

아침은 삶은 달걀 두 개로 시작한다. 식당에 갈 때는 현미 즉석밥을 챙긴다. 이경규가 현미밥을 들고 다닌다고 하면 사람들이 웃는다. 하지만 살기 위해서다. 콜라, 과자, 빵, 정제 설탕… 편리함에 숨어 우리 몸을 갉아먹던 것들을 모두 지웠다. 먹을 게 없다고? 그래도 좋다. 약에 의지하면서 오래 사는 것보다 스스로의 힘으로 건강하게 살고 싶다.

식습관을 바꾸고 3개월이 지나자 체중은 5킬로그램 줄었고 당화혈색소 수치도 다시 정상으로 돌아왔다. 하지만 여기서 끝이 아니다. 이제 시작이다. 그래도 술은 줄이고 줄여서 한 달에 두세 번 마신다. 왜냐? 100년 전에도 술은 있었으니까.

아버지가 중풍으로 마지막 20년을 누워만 계셨다. 그런 아버지를 수발하신 어머니를 보면서 결심했다. 누군가에게 수발받는 삶은 선택하지 않겠다고. 나를 위해서가 아니라 남은 사람들을 위해서다.

먹는 재미가 없으면 무슨 낙으로 사느냐고 하지만, 잠깐 머무는 입의 즐거움이 나중에 얼마나 큰 고통으로 돌아올지 알고 있다. 4만 가지 병이 입으로 들어온다는데, 아직 건강한 몸이 이겨내고 있을 뿐이다.

건강은 빚과 같다. 젊을 때 막 끌어다 쓰면 나이 들어 이자까지 붙여 갚아야 한다. 나 역시 젊어서 현대 문명의 편리함을 마음껏 즐긴 대가를 100년 전 음식만 먹으며 혹독하게 치르는 중이다.

건강은 타협의 대상이 아니다. 간을 내어주고 폐를 얻는 식의 교환이 통하지 않는다는 뜻이다. 100년 전 식단처럼 때로는 극단적인 선택이 가장 안전한 선택이 된다. 건강을 잃으면 모든 걸 다 잃는다. 내가 하고 싶은 걸 하기 위해서, 내가 그만두고 싶을 때 그만두기 위해서 가장 먼저 건강을 챙겨야 한다. 먹는 즐거움보다 꿈을 이루는 즐거움이 몇만 배는 더 클 테니까.

성실이라는
레시피

내 삶에 세 가지 모토가 있다면 반복과 책임감 그리고 성실이다. 성실은 연예계에서 꼭 필요한 양념이다. 없으면 절대 맛을 낼 수 없다.

신인 시절부터 매일이 회의의 연속이었다. 뚜렷한 캐릭터 구성도 없이 시작해서, 물방울이 바위를 뚫듯 조금씩, 하나씩 만들어나갔다. 노력 없이 성공하는 사람은 본 적이 없다. PD가 아무리 밀어줘도 소용없다.

'성실한 사람이 잘 사는 사회.' 고등학교 때 매일같이 건

너다니던 부산 육교에 쓰여 있던 글귀가 마음에 들어와 박혔다. 그게 내 철학이 됐다.

일본 유학 1년을 빼고는 40여 년간 단 한 주도 녹화를 쉰 적이 없다. 아파도 주사를 맞고 촬영에 들어갔고, 다치면 방송에 지장이 있으니까 위험한 운동도 피했다. 술도 조심했다. 취해서 기억을 잃으면 기어서라도 집에 갈 수 있게 집 근처에서만 마셨다. 멀리 가서 마시더라도 가까운 지인과 반드시 동행했다. 실수하면 누구에게라도 바로 사과했다. 까불지 않았다. 그게 40년을 버틴 비결이다.

주위에서 열심히 하는 사람을 꼽자면 대학 후배 최민식이 있다. 민식은 처음 만난 스무 살 그때부터 작품밖에 모른다. 부동산에도 관심 없고 오직 연기만 한다. 요즘은 초심으로 돌아가겠다며 운전도 직접 하더라.

다음으로 후배 강호동이 있다. 씨름선수였던 호동을 처음 만났을 때, 그는 스물한 살이었다. 라디오 프로그램을 같이 했는데 코미디언인 내 앞에서 말도 안 되는 입담으로 거침없이 웃었다. 그날 같이 술을 마시고 우리 집에서 잤다. 그 이후로 1년 동안 나하고 코미디 공부를 했다. 천하장사를 코미디언 만든다고 씨름판에서 욕도 많이 먹었다. 그래도 후회하지 않는다. 지금도 호동은 3시간짜리 방송을 10시간 동안 찍는다. 입을 푸는 데만 1시간이 걸린다. 원하는 결과가 나올 때까지 끝까지 물고 늘어지는 것, 그게 운동선수의 DNA다. 그래서 운동선수들이 방송을 잘할 가능성이 높다.

천재도 노력한다. 진짜 천재는 안다, 노력이 천재를 만든다는 것을. 지금도 나는 더 노력하고 싶다. 배워서 더 잘 웃기고 싶다. 그런데 코미디언은 무엇을 공부해야 할까? 어떤 노력을 해야 할까? 가수는 노래가 있고, 배우는 연기가 있는데 예능은 한 가지를 꼽기가 어렵다. 데뷔한 지 40년이 넘었지만 아직도 답을 찾아 헤맨다. 살아남기 위해서.

2장

박수칠 때
왜 떠납니까

계급이 아니라
재능으로 사는 세상

〈남자의 자격〉에서 '남자, 초심으로 돌아가자'라는 주제로 촬영하기로 한 날이었다. 개그맨 출신들은 KBS 공개 코미디 프로그램 〈개그콘서트〉에 출연하기로 했다. 이윤석과 윤형빈, 김국진, 그리고 내가 촬영을 마치고 무대에서 내려왔을 때, 이상한 상황이 벌어졌다. 전혀 예상하지 못한 풍경이라 당황스러웠다.

방송국 복도 양쪽에 한 줄로 늘어선 후배들이 인사를 하려고 기다리고 있었다.

"수고하셨습니다!"

군대에서 점호하듯이 우리가 한 명 한 명 나올 때마다 허리를 90도로 숙이며 우렁차게 외쳤다. 기가 찬 일이다.

"이 미친 것들아! 뭐 하러 인사를 해? 다들 자기 일하고 나오는 건데, 여기가 무슨 군대야? 우리가 재능으로 사는 거지, 계급으로 사는 게 아니잖아!"

내 목소리가 복도를 울렸다. 그 후로 후배들은 복도에서 기다리다가 인사하는 관행을 버렸다고 한다. 한때는 나도 서영춘, 구봉서 선생님 앞에서 고개도 못 들고 발끝만 쳐다보고 있었다. 그분들은 나에게 말 그대로 하늘이었다. 까마득히 높아 쳐다보려면 고개가 아플 정도였다. 그런데 어느새 내가 후배들에게 호통을 치고 있다니 묘한 일이다.

나는 선후배 문화를 혹독히 겪었던 사람이라 후배들에게
는 코미디언의 자긍심을 심어주고 싶다. 코미디언은 종합
예술인이다. 코미디언은 코미디에 대한 자부심을 가지고
일해야 한다. 선배 위한답시고 퇴근도 못 하고 복도에 줄
서서 허리를 숙여봐야 득 될 거 하나 없다. 웃음에는 가짜
가 없다. 무엇보다 웃음을 가장 1순위로 삼아야 한다.

　세상이 달라졌다. 나 때와는 다르다. 회식 문화만 봐도
알 수 있다. 예전에는 막내가 선배들 녹화가 전부 끝날 때
까지 남아서 기다려야 했다. 지금은? 각자 스케줄대로 움
직인다. 촬영이 끝나면 끝나는 순서대로 퇴근이다. 사람보
다 정해진 시스템이 먼저다. 서운하지 않다. 다만… 형식
적인 인사는 하지 않더라도 녹화가 끝나면 간단한 메시지
라도 주고받으면 어떨까?

　「선배님, 오늘 즐거웠습니다.」
　「다음에 또 뵙죠.」

피곤에 찌든 몸을 붙들고 한참을 대기하며 기다리고 있는 것보다, 복도가 떠나가라 우렁차게 인사하는 것보다 훨씬 고마울 것 같다.

내가 웃고 제작진이 웃어야
시청자가 웃는다

오늘도 회의를 한다. 웃기기 위해서.

이거야말로 진짜 웃기는 일이다. 막내작가, 메인작가, PD, 여러 조연출과 코미디언들이 하루 종일 웃기려고 회의를 한다. 누구든지 아이디어를 내놓는다. 듣는 순간 웃음이 터지지 않으면 그 아이디어는 꽝이다.

언제부터인가 나는 잘 웃지 않는 사람이 되었다. 웃음을 만드는 사람이 잘 웃지 않는다는 사실은 빵집에서 빵을 만드는 사람이 여간해서는 빵을 안 먹는다는 것과 똑같은 일이다. 왜냐? 빵에 질려버렸기 때문이다. 40년 동안 쉬지 않고 빵을 만들었는데, 먹고 싶을까? 나도 어쩌면 그런 직업병에 걸린 것 같다. 그래서 그야말로 빵 터지지 않는 이야기, 그저 그런 아이디어는 그저 그런 빵이다.

내 생각에는 그저 그런 소재인데 작가가 웃었다면 다시 생각해본다. 그럼 재미있을 가능성이 있다. 다음 순서로 내가 웃고, 그 다음에 PD가 웃었다면 시청자의 80퍼센트는 웃을 것이다.

근데 만약 카메라맨이 웃었다면? 그것은 대박이다. 왜냐하면 그들은 렌즈에 미쳐 있기 때문이다. 그래서 1년에 고작해야 한두 번 웃는다. 만약 작가가 웃고, 내가 웃고, 연출부가 웃고 현장에서 카메라맨이 웃었다? 그것은 거의 '심 봤다!' 웃음이다. 집에서 보고 있을 시청자도 100퍼센트 웃게 되리라고 보장한다. 그래서 간혹 앞뒤가 바뀌어 카메라맨만 웃기려고 하는 경우도 있는데, 그러다가는 프로그램이 완전 망해버릴 수 있다.

웃음의 사전적 정의는 '쾌적한 정신활동에 수반된 감정

반응'이다. 웃음이야말로 진정성이 있어야 한다. 웃음에는 억지가 없다. 하나의 패턴을 오래 써먹을 수도 없다. 그저 장인정신으로 갈고닦아야 한다. 그래야 40년 동안 만든 빵도 먹고 싶어진다.

나는 언제까지 웃길 수 있을까? 작가가 웃고 내가 웃고 PD가 웃고 카메라맨이 웃으려면 끝없는 아이디어 회의가 필요하다. 공부와 마찬가지로 웃음도 엉덩이 싸움이다. 누가 더 오랫동안 앉아서 회의를 할 수 있는지에 달려 있는 것이다. 그래서 오늘도 그들과 마주 앉아 있다. 한번 웃겨보려고.

공익 예능의
탄생

MBC 예능 프로그램 〈이경규가 간다〉에서 당시 야당 김대중 총재 인터뷰로 곤란을 겪고 있을 때였다. 윗선에서 '정치인들 이야기는 다루지 말라'는 지시가 내려와 다음 아이템을 고민하던 차에, 김영희 PD가 신문 기사 하나를 보여줬다. 거기에는 사진이 한 장 있었다. 정지선 앞에 멈춰선 자동차들이었다.

첫 촬영은 MBC 방송국 뒤편의 아파트 옥상이었다. 정해진 대본도 없이 인적이 뜸한 새벽에 몇 명의 스태프와 내가 옥상에 숨어서 기다리다가 정지선을 지키는 차에게 선물을 주는, 단순하고도 한편으로는 무모한 구성이었다.

김 PD도 나도 해본 적 없는 기획이라 어떻게 될지 모르니 멀리 갈 수도 없었다. 사은품으로 TV 박스를 들고 나갔다가 이건 너무 작다 싶어 냉장고 박스로 바꿨다. 이른바 '양심도 냉장고에 넣으면 썩지 않는다.' 그렇게 '양심냉장고'라는 이름이 탄생했다. (하마터면 '양심TV'가 될 뻔했다.)

그러나 촬영이 시작되고 새벽이 한참 지나도록 정지선을 지키는 차는 없었다. 몇 번의 아쉬운 기회가 날아가고, 새벽 4시가 넘어 드디어 첫 양심 주인공을 만날 수 있었다. 뜻밖에도 운전자는 장애인 부부였다. 첫 번째 양심 주인공이 된 소감을 듣고 나뿐만이 아니라 스태프들의 눈에도 눈물이 핑 돌았다.

"내가 늘 지켜요."

당연하다는 듯한 주인공의 담담한 대답이 방송을 타자

우리처럼 감동을 받은 시청자들이 환호했다. 한편으로 의심도 쏟아졌다. 짜고 친 게 아니냐는 의혹에 기자들의 뒷조사까지 이어졌다. 오히려 그 의심이 우리를 다음 양심 주인공을 찾아 전국 방방곡곡을 누비게 만들었다. 미성년자에게 담배를 팔지 않는 '양심가게'로도 확장했고, 비 오는 날에 놀이공원에서 우산을 빌려주고 반납하기를 지켜보는 실험도 했다. 100개의 우산 중 96개가 돌아왔다. 바다 건너 일본에 가서도 정지선을 지켜봤다. 폭주족들도 정지선을 지키더라. 미국 LA의 교포들도 정지선을 잘 지켰다.

〈양심냉장고〉는 지금도 자부심을 갖고 있는 프로그램이다. 첫 화에서 엄청난 주목을 받아 바로 다음 주에 1화를 그대로 재편성하기도 했다. '공익 버라이어티'라는 말도 그쯤부터 생겨났다. 그 프로그램을 통해 차 대 사람의 사고, 특히 어린이 사고를 줄였다는 자부심이 있다. 카메라 하나로 시작된 작은 실험이 사람들의 인식을 알게 모르게 조금씩 바꿔놓았다.

당시에는 교통문화가 개선되면서 교통사고가 줄어들었고, 자연스럽게 지급할 보험금도 크게 감소해 보험사들이 지출할 비용을 아꼈다고 한다. 그래서 유학생 시절, 보험협회 회장이 일본까지 쫓아와 식사를 대접하려고 하기도 했다. 몇십 년이 지났지만 정지선 앞에 선 차들을 보면 지금도 가슴이 떨린다.

호통 잘 치는 코미디언에서 '이 시대의 양심'이라는 말도 들었지만, 강연 요청이 들어올 때는 부담스럽다. 나는 그저 코미디언일 뿐인데. 다만 TV 프로그램의 영향이 단순히 그 안에서 그치지 않는다는 사실은 알고 있다. 작은 아이디어 하나가 세상을 바꾸는 걸 내가 직접 목격했으니까. 정지선 앞의 자동차 사진 한 장, 장애인 부부의 인터뷰에서 시작된 변화가 전국으로 퍼져나가는 걸 국민들과 함께 지켜봤으니까.

바꿀 수 없는
책임들

　공익 예능의 영향력을 실감한 것은 남녀노소 얼굴을 알아보는 사람들이 늘어나면서부터다. 생각해보면 나는 비교적 공익 성격의 프로그램을 자주 맡은 편이다. 분야도 다양하다. 그래서 내가 만든 프로그램들이 일상에서도 안전띠가 되어주고는 한다.

　만에 하나 음주운전에 걸리면 코미디언 이경규뿐 아니라 교통문화의 상징이 무너지는 거다. 내가 쌓아온 40여 년의 경력이 한순간에 산산조각 날 것이다. 그래서 이제는 동네에서만 술을 마신다. 차는 집에 두고 걸어 다닌다. 일단 술이 들어가면 어떤 객기가 생겨날지 모르니 애초에 싹을 없애야 한다.

강아지를 키우는 일도 마찬가지다. 산책할 때 개가 오줌을 누면 꼭 물을 뿌려 희석시킨다. 이를 '매너 워터'라고 한다. 일본에서는 전봇대의 수명이 개 오줌 때문에 반으로 줄어들었다고 한다. 몰랐다면 모를까, 프로그램에서 배워 이미 알아버렸으니 나는 무슨 일이 있어도 지켜야 한다.

낚시를 가서 뒷정리를 한 번만 잘못해도 〈도시어부〉로 만든 낚시꾼 이미지에 먹칠을 하게 된다. 다른 낚시꾼들에게도 폐를 끼치게 되는 것이다. 공익 예능인으로 쌓아온 모든 것이 언제든 한순간의 실수로 사라질 수 있다.

이런 프로그램들을 하지 않았다면? 아마 몸은 더 편하게 살았을지도 모른다. 다른 사람의 눈을 피해 정지선을 밟기도 하고, 강아지와 산책할 때도 한두 번의 실수는 슬쩍 눈 감았을 것이다. 지금도 운전을 하다가 정지선을 보면 퍼뜩 긴장이 된다. 다른 사람들은 까짓 하얀 선이라고 생각할 테지만, 나에게는 그 옛날부터 앞으로 평생 짊어질 책임이다. 그렇게 살아가고 있다. 싫지만은 않은 족쇄다.

어떤 사람들은 예능으로 세상을 바꿨다고 말한다. 하지만 사실은 그 반대다. 프로그램이 나를 바꿨다. 조금 더 나은 시민으로, 조금 더 나은 사람으로. 나는 내가 만든 캠페인을 첫 번째로 실천해야만 했다. 그게 내 운명이다.

서른여덟,
늦깎이 유학생

출연하던 프로그램이 연이어 대박을 터뜨리던 1998년. 계속되는 스케줄에 몸과 마음이 너덜너덜해진 나는 잠시 모든 방송을 접고 유학을 가기로 마음먹었다. 미국이나 괌도 고민하다가, 결국 일본을 선택했다.

일본에서 어학원을 다니려고 입학 신청서를 넣었는데 처음엔 퇴짜를 맞았다. 서른이 훌쩍 넘은 사람이 학생 비자로 유학을 오겠다고 하니 의심스러웠던 모양이다. 하지만 내가 한국 코미디언인 것을 확인하고 나서는 오히려 난리가 났다. 일본은 연예인 중에서도 코미디언을 최고로 대우하기 때문이다. 일본 세금 납부 순위를 보면 상위권에 드는 사람들 다수가 코미디언이라고 한다.

아무도 날 모르는 곳에서 아주 평범한 유학 생활을 했다. 학교에 다닐 때도 이렇게 성실한 학생인 적이 없었는데, 사회에 있다가 배움의 장으로 돌아가니 모든 것이 신기하고 재미있었다. 그러던 어느 날, 학원에서 선생님이 물었다. "대학 입학을 준비하고 있는 사람?" 나를 제외하고 모두가 손을 들었다. 나는 머쓱하게 대답했다. "저는 이미 다녀왔습니다."

애초에 유학을 일본으로 정한 것은 나이 든 코미디언들이 어떤 코미디를 하고 있는지 보고 싶었기 때문이다. 일본에서 알음알음 스튜디오 녹화장도 가보고, 스탠드업 코미디 공연도 보고, 친구도 사귀었다. 마흔을 넘어 오십, 육십이 되어서도 활발하게 활동하는 일본 코미디언들을 보면서 나이를 먹을수록 오히려 더 과감해져야 한다는 걸 배웠다. 나이 먹었다고 점잖은 척 빼지 말고 분장도 하고 거침이 없어야 한다. 일본에서 만난 코미디언들은 내가 매니저나 기사와 동행할 거라고 생각했지만 난 혼자 홀홀 다녔다. 전철과 버스를 타고 다니면서 최대한 많이 보고 많이 들었다.

지금도 그렇겠지만 당시 서른여덟에 유학을 선택하기는 더더욱 쉽지 않았다. 이미 가정도 있었고 1995년과 1997년에 MBC에서 연예대상도 받은 이후였다. 하지만 〈몰래카메라〉부터 〈양심냉장고〉까지, 20세기를 그날 하루하루를 살아내는 데 불태웠다. 21세기를 준비하기 위해, 마흔 이후 코미디언의 삶을 고민하기 위해 잠깐 쉬어가는 시간이 꼭 필요했다.

전성기에 떠나는 게 두렵지 않느냐는 사람들이 많았지만 내게는 그때가 적기였다. 가장 바쁜 시기에 스스로 모두 내려놓고 다음에 오를 산을 바라보는 시간이 필요했다. 그때가 진정한 휴식이었다. 짧게 빛났다가 사라지는 코미디언으로 남지 않고 40년 넘게 살아남을 수 있었던 힘은 오히려 언제든 내려놓을 수 있다는 그때의 경험에서 만들어졌다. 지금 당장 손에 쥐어지는 것만 쫓지 않고 더 멀리, 세상을 보는 연습을 했다. 다시 그때로 돌아간다고 하더라도 나는 똑같은 선택을 할 것이다.

가끔 쉬어가지 않으면 쉬는 법도 잊어버린다. 내 우물에만 갇혀 있다 보면 세상에 대한 시야도 왜곡된다. 늦었다 생각하지 말고 다른 세계를 경험하자. 몸소 체험하자. 언젠가 돌아봤을 때 바꿀 수 없는 자랑이 될 것이다.

독점의
종말에 대하여

누군가 나서서 바꾸려고 하지 않아도 정신을 차려보면 어느 틈에 세상은 알아서 바뀌어 있다. 아무도 구름에게 움직이라고 하지 않지만 어느새 흘러가 있듯이.

예전에는 방송국에서 배우를 채용했다. 해마다 발탁한 기수에 1기, 2기, 번호를 매겼다. 나는 'MBC 개그맨 1기'였는데, 바로 위 선배님들은 '코미디언'이었다. 개그맨과 코미디언의 차이는 아직도 모르겠다.

당시는 방송국이 미디어를 독점하는 시장이었다. 탤런

트부터 아나운서, 코미디언이 모두 방송국 권한 안에 있었다. 하지만 이제 방송국은 방송을 송출하기만 하고 연기자는 기획사 소속이고, 제작은 CJ ENM, 스튜디오 드래곤 등 외주 스튜디오가 자리를 잡았다.

세상이 천지차이로 달라지는 와중에도 나는 바보처럼 앞만 보고 달렸다. 흑백에서 컬러로, 지상파에서 케이블로, 다시 OTT와 유튜브로. 내가 어떤 길을 달리고 있는지도 몰랐다. 오히려 그래서 여기까지 올 수 있었다. 어떤 세상이 펼쳐질지 미리 알았다면 두려워서 섣불리 시작할 수 없었을 것이다.

한때는 TV 시청률이 50퍼센트가 넘는 경우가 부지기수였다. MBC 드라마 〈사랑이 뭐길래〉의 평균 시청률이 59.6퍼센트, SBS 드라마 〈모래시계〉의 평균 시청률이 46퍼센트였다. 지금은 10퍼센트만 나와도 대성공이다. 드라마도 TV와 OTT에서 동시에 공개된다. 넷플릭스, 유튜브, 틱톡 등 어느 하나에만 집중할 수 없는, 콘텐츠의 아수라장이다. 같은 플랫폼으로도 축구 팬은 축구만 보고, 낚시꾼은 낚시만 본다. 각자의 알고리즘이 추천하는 콘텐츠만 보니 서로 교집합이 없다. 취향도 파편화된다.

10년 전만 해도 넷플릭스, 유튜브 같은 스트리밍 서비스가 시장을 장악할 줄은 누구도 몰랐을 것이다. 내가 안주하고 있을 때, 반드시 누군가는 다음을 준비하고 있다. 새로운 플랫폼과 새로운 방식, 새로운 이야기를. 우리는 모두 목적지도 모른 채 '포레스트 검프'처럼 달리고 있는지도 모른다. 변화라는 파도 앞에서 누군가는 멈춰 서지만, 누군가는 뒤돌아보고, 누군가는 뛰어들고, 또 누군가는 그저 달린다. 나는 지금 어디에 있을까? 밀려오는 파도 앞에서 망설이고 있을까, 아니면 이미 물살을 가르며 헤엄치고 있을까?

하나의 좋은 이름은
천 개의 설명보다 강력하다

하루는 장시원 PD와 구장현 PD가 찾아왔다. 대뜸 낚시 방송을 하잔다. 낚시? 내가 낚시 좋아하는 건 어떻게 알고. 무조건 해야지. 함께할 출연진을 고민하는 그들에게 이덕화 선배를 소개했다. 나는 방송용 낚시고, 덕화 선배가 진짜다. 멤버를 꾸리고 장 PD가 프로그램 제목을 들고 왔는데 글쎄, '삼면이 바다'였다. 지도를 펼쳐놓고 보면 맞는 말이다. 한반도는 삼면이 바다지. 하지만 무언가 아쉬웠다. 교과서에서나 나올 법한 정직한 제목이지 않나? "그럼 남은 한 면은 뭐야?" 내가 묻자 장 PD는 잠시 생각에 잠겼다.

며칠 후 그가 새로운 이름을 들고 왔다. "'도시어부' 어때요?" 순간 전율이 흘렀다. 풀네임은 〈나만 믿고 따라와 도시어부〉. 도시의 삭막한 일상에 지친 사람들이 바다로 나와 낚시에서 위안을 찾는다는 콘셉트를 담았다.

SBS 예능 프로그램 〈힐링캠프〉도 처음에는 '이김캠프'였다. 이경규의 '이'와 김제동의 '김'을 따왔는데, 한혜진이 합류하면서 균열이 생겼다. "그럼 '이김한캠프'여야 하지 않아요?" 우리는 더 넓은 이름을 찾아야 했다.

그래서 태어난 것이 〈힐링캠프〉다. 2011년, 아직은 '힐링'이라는 단어가 생소하던 시절이었다. 〈힐링캠프〉 이후로 치유가 필요한 현대인들에게 '힐링 열풍'을 불러일으키면서 힐링카페, 힐링소설, 힐링마사지 등 일상적인 표현이 되었다. 누군가 처음 만든 오솔길에 오가는 사람이 늘어나면서 대로로 굳어지는 것처럼.

KBS 예능 프로그램 〈개는 훌륭하다〉는 내가 구상하던 영화 시나리오 제목 중 하나를 제안한 것이다. 처음 제작진이 '개가천선'이라는 제목을 들고 와서 거절했다. 개가 말을 잘 듣게 되기보다, 개는 원래 훌륭함을 가지고 있다는 취지가 좋았다. 게다가 개가 인간보다 훌륭할 때도 많다.

〈몰래카메라〉에도 숨은 이야기가 있다. 사실 이런 형식은 다른 나라에도 있었다. 일본의 '돗키리', 미국의 '히든 카메라' 등…. 하지만 우리 프로그램은 이름이 특별했다. '몰래카메라'는 프로그램 이름이 장르 자체를 대변하는 고유명사가 되어 더 특별하다. 이제는 누군가 숨어서 촬영을 하면 모두 몰래카메라라고 한다. 프로그램 제목이었던 단어가 사전에 올라가도 이상하지 않을 정도로 자주 사용되는 말이 됐다.

〈복수혈전〉은 한 비디오 가게에서 태어났다. 옛날에는 비디오 가게에서 비디오를 빌려다 보곤 했다. 요즘 젊은 사람들은 비디오가 뭔지는 알까? 어쨌든 진열장을 들여다

보는데 한쪽에서 제목에 '복수'가 들어가는 비디오를 발견했고, 다른 쪽에서는 '혈전'이라는 글자를 발견했다. 두 단어를 이어 붙여서 '복수혈전'. 영화는 흥행에 실패했지만 이름만은 오래도록 살아남은 것을 보면 눈과 귀에 착 붙는 제목이었음에 틀림없다.

의도적으로 만들어낸 것보다 우연히 발견한 이름이 더 오래 가기도 한다. 길을 걷다 발견한 네잎클로버처럼, 좋은 이름은 우리 주변을 맴돌고 있는지도 모른다.

누가 이름을 지었는지는 중요하지 않다. 출연진이었든, 제작진이었든, 중요한 건 그 이름이 하나의 브랜드가 됐다는 사실이다. 이제는 내 것도, 작가의 것도 아닌 모두의 것이 되었다.

하나의 좋은 이름은 천 개의 설명보다 강력하다. 〈이경규가 간다〉처럼 직설적일 수도 있고, 〈도시어부〉처럼 은유적일 수도 있다. 중요한 건 이름이 얼마나 많은 이야기를 품고 있느냐다.

지금 이 순간에도 누군가는 꼭 맞는 브랜딩을 찾아 헤매고 있을 것이다. 때로는 갑자기 엉뚱한 이름에 꽂히기도 하고, 완벽해 보였던 이름이 시간이 흐르면서 희미해지기도 한다. 하지만 분명한 것은, 이름이 운명을 만든다는 점이다. 나는 이름의 마법을 믿는다. 하나의 좋은 이름이 수천 개의 이야기를 만들어내는 마법을.

경규의
2제자

이윤석과 윤형빈. 내 말을 묵묵히 들어주는 후배들이다. 예수님에게는 12제자가 있었지만, 끝까지 예수님 곁에 남아 지킨 것은 몇 명 되지 않았다. 내 취중진담을 끝까지 들어준 건 이 두 사람이었다. 둘이 있었기 때문에 '이경규 어록'이라고 불리는 말들도 남을 수 있었다.

"예수님이나 공자님이나 직접 글을 썼겠냐? 다 제자들이 받아 적은 거다. 너희도 내 이야기 좀 받아 적어라."

취기 어린 농담이지만, 나도 내가 한 말에 깜짝깜짝 놀
랄 때가 있다. '내가 이렇게 멋진 말을 하다니….' 가끔은
술을 안 마시는 형빈이 녹음을 했다. 옛날 휴대폰이라 메
모리가 금방 녹음으로 꽉 찼다. 책으로 내려고도 했는데
아쉽게도 지금은 파일이 남아 있지 않다.

바람은 어디서 왔는지 모른다

선풍기 바람을 쐬다가 든 생각.

"선풍기 바람은 어디서 왔는지 아니까 덜 시원하고, 자
연 바람은 어디서 왔는지 모르니까 더 시원한 거야. 인생
도 마찬가지야. 어디서 왔는지 모르니까 아름다운 거야.
어디서 와서 어디로 가는지 다 알면 얼마나 재미없겠어."

불확실함이야말로 인생을 아름답게 만드는 요인이 아
닐까? 확실한 건 재미가 없다.

무식한 놈이 신념을 가지면 제일 무섭다

시원치 않은 아이디어로 PD가 밤을 새워서 기획서를

쓰면 작가들도 덩달아 밤을 새워야 한다. PD 하나 때문에 같이 일하는 수십 명이 힘들어진다. 작가들은 어떻게든 만들어보려고 퇴고를 반복하고, 스태프들은 수정을 거듭한다. 한 명의 열정이 수십 명의 야근을 만든다.

"아무리 봐도 재미없는데 왜 그 PD는 재밌다고 우기는 거야. 그래서 다 이 고생을 하는 거 아냐."

최선을 다하지 마라

윤석과 형빈에게 이런 이야기를 했다. 오늘은 70퍼센트만큼만 하고 30퍼센트는 내일을 위해 남겨두라고. 다들 오늘만 사는 것처럼 매순간 최선을 다하라고 말하지만, 한 번에 아이디어를 100퍼센트 쏟아붓지 말고 30퍼센트는 아껴뒀다가 다음에 써야 한다. 매번 가진 것을 전부 소진해버리면 오래 가기 어렵다. 그래도, 남들에게는 최선을 다하는 것처럼 보여야 한다. 최선을 다하지 말라는 소리를 탱자탱자 게으름뱅이가 되라는 것으로 착각하면 큰일난다.

지금 무언가에 100퍼센트를 쏟고 있는가? 잠시 멈춰보

라. 70퍼센트로도 충분할지 모른다. 나머지 30퍼센트를 비축해둬야 번아웃을 피할 수 있다. 잘 모르는 것은 만약을 위해 아껴두는 것, 그것이 사회인의 지혜다.

선례를 찾지 말고
나 자신이 성공사례가 되자

"눈 덮인 길을 걸어갈 때, 함부로 어지럽게 걷지 마라. 오늘 내가 밟고 가는 이 발자국은 뒷사람의 이정표가 되리라."

서산대사의 〈답설〉이라는 선시이다. 백범 김구 선생의 기둥이 되어준 시이기도 하다. 〈2010 KBS 연예대상〉에서 대상을 타고 이 시를 써먹었다. "눈 내린 길을 한 발자국 한 발자국 내디디면서 제가 디딘 발자국이 후배 여러분께 작은 길잡이가 되었으면 하는 바람입니다." 기억은 안 나지만 이때 상을 받을 것 같았나? 이런 멋진 수상소감을 준비하다니…. 나름 후배들에게 도움을 줄 수 있는 좋은 이야기를 하려고 했던 것 같다.

그런데 지금 와서 그때 뱉은 말을 곱씹어보니 사실 자신은 없다. 내가 눈밭 위에 찍은 발자국이 어디로 가고 있는지 나도 잘 모르겠다. 2010년이면 벌써 10년도 더 전이다. 그때의 나는 내가 넷플릭스, 유튜브에서 코미디를 하게 될 줄 알았을까? 그게 뭔지도 몰랐을 것이다.

길잡이가 되어주겠다던 나의 제일 큰 고민은 언제까지 이 일을 할 수 있을지다. 과연 코미디언의 정년은 언제일까? 게다가 몇몇 후배들은 은근히 나에게 기대를 걸고 있는 듯하다. 김용만, 지석진, 김수용이 하는 유튜브 채널에 나갔을 때의 일이다.

"후배 코미디언들이 롤모델로 가장 많이 말하는 게 경규 형이다."

"형님의 연예계 수명이 저희의 수명이라고 생각하고 좇아가고 있다."

이런 해괴망측한 말이 있는가. 내가 하는 만큼이라니.

나는 굳이 정년을 정하고 싶지 않다. 사회가 정한 대로 따라갈 필요 없다. 내가 생각하기에 정년을 오지 않게 만드는 조건은 다섯 가지다.

첫째, 건강

둘째, 재능

셋째, 노력

넷째, 대인관계

다섯째, 인성

첫 번째, 두 번째 그리고 세 번째까지는 나름 괜찮다고 자부한다. 네 번째, 다섯 번째가 문제다. 호통을 치는 캐릭터 탓인지 성격이 안 좋다는 소문도 있었다. 이참에 이야기하고 싶다. 그건 다 루머다! 대인관계도 인성도 내 생각엔 괜찮은 편, 아니, 나쁘지 않다.

사실 조건을 채우든 못 채우든, 할 수 있을 만큼 노력하되 보이고, 듣고, 말하고, 무슨 말인지 이해하고, 서 있을 수 있다면 끝에 끝까지 개기면서 일할 것이다.

용만아, 형이 한 만큼 너도 해. 아니, 다 같이 하자.

뇌출혈과
생일파티

전화벨이 울린다. 안동에서 치과를 하고 있는 초등학교 친구 재권이다. 초등학교 같은 반 친구라니, 처음 만났던 때가 까마득하다. 하도 오래된 사이라, 친구는 자기가 전교회장이었다는데 나는 전혀 기억이 없다. 재권이가 서울대 의대를 나와 하버드에 가고, 라스베이거스에서 치과를 열었을 때도 찾아갔었는데, 학교 다니면서 전교회장인 건 몰랐다. 사실 관심도 없었겠지. 전화기 속에서 재권이가 말한다. "경규야, 생일 축하한다. 생일날 제주도에서 보자."

그날은 내 생일이었다. 축하해준다며 제주도에서 모이기로 했고, 우리는 오겹살을 굽고 소주잔을 주고받으며 밤늦게까지 웃고 떠들었다. 그때 갑자기 재권이가 내 앞에서 쓰러졌다. 다른 생각은 할 정신머리도 없었다. 본능적으로 그를 들쳐 업고 무작정 근처 병원으로 뛰었다. 뇌출혈이었다. 다행히 골든타임 안에 병원에 도착할 수 있었다. 재권이가 지금까지 건강하게 잘 살고 있는 건 역시 내 덕이라고 할 수 있다.

인생은 타이밍이다. 당시에 재권이 가족들은 미국에 가 있고, 재권이만 안동에서 혼자 지내고 있었다. 만약 그날도 안동에 혼자 있었더라면, 만약 그날이 내 생일이 아니었더라면, 만약 제주도에서 우리가 만나지 않았더라면. 이 모든 '만약'들이 한 치만 어긋났어도 지금 우리가 웃으며 이야기할 수 있었을까?

그래서 나는 주장한다. "재권아, 네 재산에서 절반은 나 주라. 아니면 안동에 한옥 한 채 사주든지." 내가 네 생명의 은인이라며 기회가 될 때마다 으스대고 있지만 마음 한편으로는 다행이라는 안도감이 더 크다.

우리가 무심코 주고받는 수많은 전화와 메시지. 그중 어떤 것은 우리의 생명줄이 될지도 모른다. 어쩌면 지금 이 순간에도 누군가가 그 연락을 기다리고 있을지도 모르고.

참고로 재권이는 내 앞니 두 개를 해주었다. 안동의 어느 치과에 가면 입구에 내 수술 전후 사진이 붙어 있다. 생명의 은인을 홍보에 이용해먹다니. 역시 배신자들은 가까이에 살고 있다.

3장

어쩔 수 없는 것들이
나를 어쩔 수 없게 만든다

소년과 운명의
극장 삼거리

내가 어릴 적, 부산역 앞에는 중앙극장, 초량극장, 대도극장이 삼각형 구도로 위치해 있었다. 그리고 그 한가운데 우리 집이 있었다. 다른 아이들의 맹모삼천지교가 학교나 학원이었다면, 나의 삼천지교는 바로 극장이었다.

"그 집 아들이 또 극장에서 자고 있어요."

당시에 극장들은 내게 최고의 학원이었다. 인생의 단맛

과 쓴맛 모두 영화에서 '미리보기'한 셈이다. 덕분에 어머니는 한숨이 끊이지 않는 날이 없었다. 하지만 아랑곳하지 않았다. 아버지 친구 분들 덕분에 나는 항상 무사통과였다. 그래서 입장료도 없이 극장 입구가 닳도록 드나들었다.

왜 영화를 만드느냐는 질문도 많이 받았는데 처음부터 영화는 내 운명이었음에 틀림없다. 세 개의 극장이 만드는 삼각형 한가운데 살았다니. 이야기의 복선처럼, 내 영화 인생의 시작점은 이미 각본에 쓰여 있었던 셈이다.

아무것도 없는 무에서 출발하는 선택은 없다. 우리를 둘러싼 환경이 마치 공기처럼 보이지 않게 우리를 어떠한 방향으로 밀어내는 것이다. 내게는 그것이 극장이었다. 어디를 가든 매일 지나치던 극장들, 영화 속 주인공들, 스크린 위로 펼쳐지는 무한한 세계들. 그것들이 자연스럽게 나를 연극영화과로, 영화로 이끌었다. 우리는 모두 자신만의 극장 삼거리에서 자라났다. 누군가에게는 도서관이, 누군가에게는 바닷가가, 누군가에게는 기차역이 있었을 테다.

어머니가 극장 의자에서 잠든 소년을 찾으러 왔을 때, 그 순간이 내 인생의 예고편이었다는 것을 알지도 못한 채 잠에만 푹 빠져 있었다. 여러분의 극장 삼거리는 어디인가? 매일 지나치는 길과 늘 보이는 풍경, 자주 들어 익숙한 소리…. 그것들이 당신을 이끄는 곳은 어디인가?

방송과 함께
방송을 넘어

　1981년, 흑백 TV와 컬러 TV의 경계에서 코미디언으로
데뷔했다. 그리고 내 나이는 한국방송공사(KBS)와 한 살
차이밖에 나지 않는다. 이 정도면 동갑이라고 할 수 있다.
방송도 60년, 나도 60년. 쌍둥이처럼 방송국이 개국하는
때에 태어나 TV와 함께 자랐다. 내 삶에서 TV가 없었던
적이 없는 것이다.

　그 이후로 TV도 나도 많은 변화를 겪었다. 콩트 코미디
에서 버라이어티로, 아날로그에서 디지털로, 지상파에서

OTT로. 2023년에는 넷플릭스를 통해 〈코미디 로얄〉이, 2024년에는 〈코미디 리벤지〉가 전 세계로 방송되었다. 타임머신을 타고 이동하는 것처럼 모든 변화를 직접 부딪치며 지나왔다. 어떨 때는 내가 찾아 나서기도 했다. 낯선 것이 등장했을 때 잘 모른다고 해서 제쳐두면 결국 제쳐지는 건 내가 된다. 2022년, MBC에서 공로상을 받으면서 다짐했다. 나는 절대 박수칠 때 떠나지 않으리라. 끝까지 버텨서 살아남으리라.

요즘은 유튜브를 많이 본다. 사람들이 좋아한다는 유튜버가 있으면 구성은 어떤지, 어떤 내용을 다루는지 유심히 살펴본다. 이해가 되지 않는다고 해서 폄하해서는 안 된다. 유튜브는 방송과 다르다. 방송에서 정제된 사람들과는 다르게 격식이 없다. 사람들은 점점 더 방송보다 유튜브나 다른 플랫폼의 공식에 익숙해지고 있다. 살아남으려면 내가 배워야 한다.

본능적으로 '이렇게 가다가는 방송국이 날 내치겠구나'

하는 생각이 들었을 때 바로 영역을 옮겼다. 케이블 TV 출연도 코미디언 중에는 손에 꼽게 빨랐다. tvN 예능 프로그램 〈화성인 바이러스〉를 거쳐 채널A 〈나만 믿고 따라와 도시어부〉로 옮긴 것도 같은 의도였다. 유튜브에서 자리를 잡은 코미디언들을 보면 우리에게는 플랫폼이 중요하지 않다는 것을 알 수 있다. 같은 재미라도 보여주는 장소가 바뀌면 달라 보인다.

가수는 노래를 잘해야 하고, 배우는 연기를 잘해야 하는데, 코미디언은 잘 웃기는 것만으로는 부족하다. 프로그램의 의도에 잘 녹아들고 콘셉트를 잘 소화해야 한다. 당연히 어렵다. 그렇지만 무엇이 되었든 간에 최선을 다해야만 한다. 그래야 기회가 온다. 웃기라고 멍석 깔아줄 때가 반드시 온다.

통제할 수 없는 변화 속에서 가끔은 두렵기도 하다. 1980년대부터 활동해온 내가 앞으로는 또 어떻게 버텨낼 수 있을까. 하지만 그 두려움마저도 흥미진진하다. 새로운 프로그램을 준비할 때의 마음과 같다. 오랫동안 방송계에서 버텨온 예능인이 앞으로는 어떤 모습을 보여줄지 지켜봐주면 좋겠다.

물론 조용히 사라질 수도 있다. 언제까지 일할 수 있을까? 아무도 모른다.

한 교실에서 태어난
두 개의 우주

부산의 한 고등학교 교실. 책상 한 줄을 사이에 두고 두 개의 우주가 마주 보고 있다. 하나는 책 속에 머리를 파묻은 손주은의 우주, 다른 하나는 학교 담장 너머를 호시탐탐 노리는 나 이경규의 우주.

주은과 나는 부산 동성고등학교를 졸업했다. 우리는 2학년과 3학년, 2년 내내 같은 반이었다. 하지만 같은 공간에 있을 뿐 두 소년은 완전히 다른 부류의 학생이었다.

"야, 이 새끼야. 넌 맨날 공부만 해서 뭐가 되려고 그러냐?"

주은에게 농담처럼 던지던 말이었는데, 주은은 뭐가 되긴 됐다. 메가스터디 회장이.

반대로 나는 그때부터 '또라이' 소리를 들었다. 하루는 색이 들어간 신발을 신지 말라는 학교 규정에 걸리자, 다음 날부터 맨발로 등교했다. 신발이 규칙에 걸린다면 차라리 벗어버리자 생각했다. 그리고 희한하게도 밤만 되면 학교 담장이 나를 불렀다. 틈만 나면 나서서 친구들을 꾸려 담을 넘었다. 주은의 말에 따르면 일탈을 하더라도 '주동을 하는 놈(나)'은 잘될 거라고 했다.

내가 진행하는 토크쇼에 주은이 나왔을 때, 우리는 한 교실에서 정반대의 길을 걸었던 두 소년의 이야기를 회고했다. 그는 여전히 책상에 앉아 있고, 나는 여전히 담을 넘고 있다. 다만 이제는 학교의 담이 아니라 방송국 담들을 넘는다.

달라도 너무 다른 우리였지만 딱 하나 공통점이 있다면 각자의 방식으로 세상을 이해하려고 했다는 점이다. 그는 책을 통해서, 나는 맨발로. 결국 둘 다 틀리지 않았다. 교실은 그런 곳인지도 모른다. 나란히 앉아서 무한한 각자의 세계를 키워나가는 곳. 지금의 우리를 보면 그 시절의 우리가 제법 기특하다. 이게 바로 학창시절을 추억하는 이유가 아닐까?

미지의 세계로 가는 막차

"엄마, 내 배우할라고예."

어머니가 '컥' 하고 웃으셨다. 당연하다. 그 시대에 배우는 신성일 같은 미남뿐이었다. 부산 촌놈이 갑자기 배우가 되겠다고 하니 어머니는 말도 안 된다며 웃었고 아버지는 어디서 헛바람이 들어왔는지 걱정을 했다.

덜컥 입으로는 뱉었지만 나도 확신은 없었다. 잘되리라는 자신도 없었다. 그저 지금이 아니면 안 될 것 같다는 예감에 등 떠밀려 미지의 세계로 가는 막차에 겨우 올라탄 기분이었다. '뭐가 뭔지는 모르지만 일단 가보자'는 마음으로.

서울에 올라와서 내가 정한 첫 번째 과제는 '표준어 익히기'였다. "밥 묵었나?"를 "밥 먹었어요?"로 바꾸는 작업이다. 부산에서 나고 자란 나에게는 외국어를 배우는 것처럼 어려웠다. 가끔 부산에 내려가서 나도 모르게 "아버지, 식사하셨어요?" 하면 아버지가 단번에 호통을 치셨다. "이 새끼가 미쳤나. 고마 치아라!" 가만 보면 내가 호통 치는 모습은 아버지를 꼭 닮았다.

아무튼 이 부산 촌놈이 코미디언으로 자리를 잡은 후에는 나보다 사투리가 심한 강호동, 김제동 같은 후배들도 생겨났다. 길을 트며 나아가는 일은 어렵지만 한번 길을 트고 나면 뒤에 있는 사람들은 비교적 편해진다. 저들도 그랬으면 좋겠다. 그랬다면 나에게 고마워해야 할 텐데….

살면서 선택의 기로에 설 때마다 확신을 갖기란 쉽지 않다. 솔직히 긴가민가한 경우가 대부분이다. 그 안에서도 어떻게든 조금이나마 더 성공할 가능성이 큰 쪽을 선택하지만, 그것도 어차피 가능성일 뿐이다.

가끔은 이것저것 따지지 않는 미친 순간도 필요하다. 성공이든 실패든 나에게는 경험이 남을 것이다. 인간이 죽기 전에 가장 후회하는 것은 했던 일에 대한 후회보다 하지 못했던 일에 대한 후회라고 한다. 나 역시 이리저리 재기만 하다가 아무것도 하지 않았던 때가 가장 후회로 남는다. 후회할 바에는 뛰어들겠다는 결심, 그때의 '가보자' 선택이 지금의 나를 만들었다.

두 번째 나의 미친 선택은 1992년이다. 〈몰래카메라〉로 매일 아침 광고 계약이 쏟아지던 첫 번째 전성기의 한가운데에서, 침대 밑에 고이 모아둔 4억 원을 탈탈 털어 영화를 만들었다. 코미디언이 영화를 만든다고? 욕도 먹고 조롱도 받았지만 왜냐고 묻는 사람들에게 쉬이 대답하지 못했다. 한마디로 설명하기가 어려웠다. 초량동 소년 시절부터 품어온 마음을, 세 극장이 그려준 꿈을 어디서부터 이야기하면 좋을까?

시간이 흘러도 영화는 여전히 나의 나침반이다. 길을 잃었다고 느낄 때마다 나는 극장 삼거리를 누비던 때로 돌아간다. 지금도 초량동의 이바구길 168계단을 오르는 꿈을 꾼다. 꿈에서 깨어나면 내 인생의 모든 전환점에는 영화가 있었다는 것을 깨닫는다. 지금도 부산에 가면 그 언덕길을 찾는다. 극장들은 사라졌지만 그곳에서 나는 여전히 영화를 사랑하던 소년을 만날 수 있다.

돌고 돌아 결국은 내 삶의 방향을 결정하는 것, 일상에 스며든 풍경이 평생의 나침반이 되는 것, 어쩌면 이런 게 운명이 아닐까. 이것이 왜 영화를 만드느냐고 물어오는 사람들에게 답이 되었으면 좋겠다.

사투리의
반란

"미안한데 사투리가 너무 심하네."

수많은 연극 오디션에서 고배를 마셨다. 게다가 항상 똑같이 사투리 지적을 받았다. 연기를 잘했는지 못했는지는 일단 후순위였다. 그 시절에는 사투리부터 고비였다. 표준어에 맞춰서 사투리를 '고쳐야' 한다고 생각하던 시절이다. 아무리 연습을 해봐도 부산 원어민에게 표준어는 쉬이 입에 붙지 않았다. 하지만 위기는 곧 기회다. 약점이라고 생각한 게 오히려 무기가 될 줄이야. 역시 인생은 알다가 도 모른다.

　계속되는 낙방에 머리를 싸매고 있다가, 동기들이 옆구리를 찔러대서 혹시나 하는 마음에 개그맨 콘테스트에 나가봤다. 재미로 경험 삼아 해보자 싶었는데 1981년 MBC 제1회 라디오 개그 콘테스트에서 MBC 공채 개그맨 1기로 덜컥 합격을 해버렸다. 물이 흐르다 막히면 새로운 길을 뚫듯이, 배우의 꿈이 막힌 자리에서 마법처럼 코미디언의 길이 열렸다. 신기한 일이다. 방법은 언제나 있었다.

　처음에는 방송국 구석구석을 누비며 잔심부름을 도맡았다. 담배 심부름부터 커피 타기, 도시락 배달까지 안 해본 일이 없다. 그러다가 카메라를 들고 거리로 나갔다. 당시 코미디는 세트장에서 짜여진 대본으로 연기하는 콩트 코미디 위주였는데, 나는 실내보다 야외가 더 좋았다. 정해진 대사보다 즉흥적인 실제 상황이 더 재미있었다. 그때의 야외 촬영 경험이 〈건강보감〉과 〈몰래카메라〉, 〈양심냉

장고〉, 〈이경규가 간다〉를 가능하게 했다. 신인 때부터 길
거리에서 시민들과 가깝게 마주하고 부딪쳤기에 야외에
서 시작된 버라이어티 실험들을 소화할 수 있었다.

코미디언으로 살아온 45년을 한 번도 후회하지 않았다.
그때 연극 오디션에 떨어져서 얼마나 다행인지 모른다. 설
령 요행으로 연극 무대에 올랐더라도 코미디언만큼 나의
재능을 남김없이 보여주지는 못했을 것이다. 어떤 실패도
영원한 실패는 아니다. 여러 실패의 문을 열었다가 닫아봐
야 내가 기다려온 문을 만났을 때 그 안으로 과감하게 발
을 내디딜 수 있다.

복수는
누구의 것인가?

　내가 만드는 첫 번째 영화로 〈돌아온 정무문〉을 기획하고 있었다. 1972년작 〈정무문〉을 패러디해서, 이소룡이 날라차기하는 중과부적 엔딩 장면에서 시작해 다시 살아났다는 설정의 코미디 영화를 만들려고 했다. 고등학교 때 '이자룡'이라고 불렸던 내가 이소룡의 영화를 패러디할 수 있는 영광이 찾아오는 줄 알았다. 기대는 대체로 사람을 배반한다고 했던가. 누군가 말했던 것 같기도 하다.

　방송은 잠시 쉬고 영화를 준비하던 그때, 문제가 생겼다.

주성치가 나보다 먼저 코미디 영화 〈신 정무문〉을 만든다는 소식이 들렸다. 한발 늦었다 싶은 나는 과감하게 코미디 장르를 버리고 새로운 시나리오로 정극을 선택했다.

왜 그랬을까….

그렇게 만들어진 〈복수혈전〉은 내가 감독하고 주연까지 맡은 영화였다. 사활을 걸고 준비했다. 무술도 다시 배우고, 비디오카메라로 액션 장면도 연습했다. 중학교 3학년 때부터 고등학교를 졸업할 때까지 매일 했던 쿵후가 도움이 됐다.

영화는 1992년에 개봉했다. 하지만 내 예상과는 전혀 다른 전개가 펼쳐졌다. 영화관에서 사람들이 웃느라고 정신이 없었다. 스크린에서 진지한 연기가 이어질수록 웃음소리가 더 크게 터져 나왔다. 김보성을 끌어안고 오열하는 장면에서도, "마테오!"라고 외치는 장면에서도. 정극이 아니라 원래 의도대로 코미디 영화를 만들었어도 그렇게 웃기지는 못했을 것이다.

그런데 이상한 점이 있었다. 서울에서든 지방에서든 영화가 끝나면 관객들이 박수를 쳤다. 하도 궁금해서 한번은 관객에게 물어보기도 했다. 이제는 다 추억이 되었다.

"왜 박수를 쳐요?"
"아이, 고생하셨잖아요."

영화를 개봉한 뒤 후유증이 꽤 오래 갔다. 긴 시간 동안 〈복수혈전〉이라는 꼬리표를 달고 살아야 했다. 많은 사람들에게 영화 제목만으로 웃음을 줬다. 영화를 향한 나의 진심이 외면 받는 것만 같아서 내 속은 쓰렸지만 별 도리가 없었다. 대중이 그렇다고 하는데 어쩌겠는가.

그 이후에 박찬욱 감독의 〈복수는 나의 것〉이라는 영화도 나왔다. 복수는 누구의 것도 아닌 내 것인데….

인생이란 의도대로 가는 법이 없다. 코미디를 하려 했는데 정극이 되고, 정극을 하다 보니 웃음을 주고. 그리고 결과적으로 그 모든 이야기는 이어져 결국 하나가 되었다.

이제는 당당히 말할 수 있다. 복수는 누구의 것인가? 물론 내 것이다. 내가 얼마나 오래 짊어지고 살았는데.

120번의
무대인사

〈복면달호〉는 〈복수혈전〉에 이은 두 번째 영화다. 정극인 듯 코미디인 듯했던 첫 영화의 꼬리표를 벗으려고 절치부심하여 준비했다. 내용은 이렇다. 록스타를 꿈꾸던 가수 지망생이 어쩌다 보니 트로트 가수로 데뷔하게 된다. 처음에는 얼굴을 가리려고 복면을 썼다가 오히려 국민들의 뜨거운 사랑을 받게 된다는 트로트 코미디 영화다.

5년 동안 시나리오를 다듬었다. 이번에는 코미디언이 확실하게 코미디를 보여주리라. 제대로 칼을 갈았다.

그런데 막상 작업을 시작하려니 〈복수혈전〉을 찍던 때와는 모든 게 달라졌다. 필름 시대는 저물고, 제작비가 천정부지로 솟아 있었다. 첫 영화 때처럼 내가 가진 돈으로만 제작하기에는 택도 없는 시대가 되었다. 그때부터 투자자들을 설득하러 다니기 시작했다. 오만 투자자들을 다 찾아다녔다. 시작부터 15년 전과는 전혀 다른 싸움이었다. 투자뿐만이 아니다. 캐스팅도 한 편의 드라마 같았다. 배우 차태현의 캐스팅 소식이 알려지자 배우 팬클럽에서 난리가 났다. "왜 하필 이경규 영화냐." "왜 하필 또 '복' 자가 들어간 영화냐."(〈복수혈전〉의 그림자는 길었다….) 마지막까지 마음을 놓을 수 없는 아수라장이었다.

우여곡절 끝에 촬영을 마치고, 마침내 〈복면달호〉는 개봉했다. 개봉한 첫날 관객 수는 4만 명이었다. 기대 이하였다. 이대로 실패인가? 하지만 여기까지 온 마당에 쉽게 물러설 수는 없었다. 할 수 있는 데까지는 해보리라. 개봉 이후 세 달 동안 무대인사만 120번을 돌았다. 전국 방방곡곡

안 간 영화관이 없었다. 바다 건너 거제도까지 찾아갔다. 거제도 극장 측에서 개관 이후 연예인은 처음이라며 놀라기도 했다. 그만큼 절실했다. 끝까지 물고 늘어졌다. 최선을 다했다. 나중에 가서 이렇게 할걸, 저렇게 할걸 가타부타 후회하고 싶지 않았다.

그렇게 하루 이틀 직접 관객들을 만나면서 입소문이 나기 시작했다. 주말에는 관객 수가 15만 명을 넘었고, 지방 극장은 매진이었다. 결국 최종 150만 관객을 동원했다. 100만 관객을 넘기는 게 쉽지 않던 시절이었다. 주제곡이었던 〈이차선 다리〉역시 영화가 입소문을 타는 데 제몫을 톡톡히 해냈다. 주인공 태현은 지금도 사석에서 〈이차선 다리〉를 부른다고 한다.

거저 얻을 수 있는 콩고물은 없다. 아무리 쉬워 보여도 막상 뚜껑을 열어보면 최선을 다해야 한다. 전국을 120번이나 종횡무진했기 때문에 쓰라린 〈복수혈전〉의 기억을 덮을 수 있었다. 극장에서 그만 오라고 할 때까지 발에 피가 나고 땀이 나도록 달린 덕분이다.

언젠가 강호동이 진행하던 MBC 토크쇼 〈황금어장 무릎팍도사〉에서 말한 적이 있다. '코미디언은 직업이고 영화는 꿈'이라고. 나는 또 어떤 꿈을 꾸게 될까.

영화라는
운명

"장안동에 영화사는 우리뿐이에요."

월세를 아끼려고 닭 장사를 하던 친구 건물에 영화사를 차렸는데, 그게 또 운명이었다. 나중에 알고 보니 그곳이 한국 최초의 영화 촬영장이 있던 곳이었다. 이렇게 또 의미 부여를 한 건 하고.

장안동에서 일하던 시절에는 5,000만 원, 1억 원씩 쪼개서 투자금을 모았다. 영화에만 집중하고 싶어서 KBS 예능 프로그램 〈비타민〉이라는 좋은 기회도 거절했다. 그때 만들던 영화가 2013년에 개봉한 〈전국노래자랑〉이다. 오디션 프로그램의 원조격인 KBS 〈전국노래자랑〉을 모티프로 각기 다른 사연을 가지고 꿈의 무대에 도전하는 주인공들의 이야기를 그린 코미디 영화다. 이번에도 영화에 음악을 맛깔나게 버무렸다. 주인공인 김인권을 캐스팅할 수 있었던 건 후배 최민식의 덕이 컸다. 복집에서 민식과 함께 인권을 설득했다. "야, 시나리오는 뭐 하러 보냐. 그냥 해!" 민식의 한마디로 주연배우 섭외에 성공했다.

나만의 원칙도 담았다. 욕 안 쓰기. 감정이 전달된다면 굳이 욕을 써서 캐릭터를 살릴 필요가 없다. 가족이 손잡고 함께 볼 수 있는 영화를 만들고 싶었다. 롯데에서 배급을 맡았고 시사회에서도 박수가 터져나왔다. 호의적인 반응에 '500만은 가겠다'고 설렜는데 영화 〈아이언맨 3〉와 개봉 시기가 겹쳤다. 로버트 다우니 주니어가 한국에 온다는 소식에 공항에 쫓아가서 막고 싶었다.

결국 〈전국노래자랑〉은 97만 명, 〈아이언맨 3〉는 1,000만

명을 돌파했다. 당시에는 배가 아파서 안 보고 있다가, 나중에야 봤다. 영화 마지막에 아이언맨 30명이 날아다니는 장면을 보면서 생각했다. '저건 못 이긴다⋯.'

인생은 타이밍이다. 아무리 시간이 흘러도 운명의 장난을 피할 수는 없다. 이것도 영화인의 삶이라면 받아들여야겠지. 〈복면달호〉의 주인공 차태현이 말한 것처럼, 이 바닥의 맛이 일희일비에서 오는 것 아니겠나. 장안동의 작은 사무실에서 시작한 영화가 비록 아이언맨에게는 졌지만 한국 영화에는 새로운 얼굴들을 소개해주었고, 그때는 신인이었던 이종필 감독도 영화 〈삼진그룹 영어토익반〉(2020), 〈탈주〉(2024) 등 꾸준히 필모그래피를 쌓으며 빛을 발하고 있다.

영화는 늘 새로운 시도를 기다린다. 캐스팅부터 스태프, 투자자, 배급사까지 뼈가 삭는 알력을 거듭하고, 좋은 방송 제안도 아깝지만 거절하고, 아이언맨 30명과 싸우면서 말이다.

인생은 타이밍이다.
아무리 시간이 흘러도
운명의 장난을 피할 수는 없다.

마지막
영화

"북한에 지하 동굴이 있어요. 거기서 간첩들이 교육을 받아요."

직접 만난 간첩에게 들은 이야기다. 흥미로웠다. 이데올로기가 무너진 시대의 간첩 이야기. 남파되었지만 아무도 관심 없는 간첩, 업데이트되지 않은 정보로 혼란스러워하는 간첩, 제주 해변가에 녹슬어 쓰러진 '간첩 신고' 간판 앞에 우두커니 서 있는 간첩.

영화 〈간첩 리철진〉에 이런 장면이 있다. 술에 취한 간첩이 택시 기사에게 "평양 갑시다" 하자, 택시 기사가 쏘아붙인다. "야, 양평 아니야!" 관객들은 웃었지만, 그 웃음 속에는 씁쓸함이 녹아 있다. 그런 영화를 만들고 싶었다. 웃다가도 문득 마음 한구석이 건드려지는 영화, 코미디와 비극이 종이 한 장 차이로 공존하는 영화.

간첩 영화를 찍으려고 마음먹은 후 실제 간첩들을 만나 자료를 수집했다. 주인공 캐릭터도 서서히 윤곽이 잡히기 시작했다. 키는 170센티미터에 눈에 띄지 않는 평범한 외모, 남한에 침투되었다가 임무를 완수하고 돌아가는 길에는 북에서는 귀하다는 볼펜과 칫솔을 사 들고 귀환한다는 설정이다. 마치 가까운 친척이 해외여행에 다녀온 이야기를 듣듯이 실제 간첩들을 만나서 일거수일투족을 관찰하고 인터뷰했다.

계획대로라면 〈복수혈전〉과 〈복면달호〉 사이에 만들어졌어야 하는 영화인데, 주연배우를 못 찾아서 엎어졌다. 스태프도 다 꾸렸는데. 이것이 영화인의 숙명일까? 아직도 세상에 태어나지 못한 그 시나리오가 내 아픈 손가락 중 하나다. 제주 해변까지 떠밀려간 간첩, 문화 충돌에서 오는 코미디, 그리고 비극적 결말까지, 스크린에서는 어떻게 비쳤을까.

장안동에서 논현동으로, 다시 한남동으로 영화사의 주소가 몇 번이나 바뀌는 동안, 계속해서 시나리오를 손에서 놓지 않았다. 지금 쓰고 있는 시나리오는 5년째 붙잡고 있다. '이번이 마지막 영화다'라고 다짐하면서도 또 쓴다. 매번 군대에 재입대하는 마음에 가깝다. 첫 입대는 아무것도 모르고 갔지만, 두 번째는 어떨지 알아서 더 두렵다. 그 사이에 작가만 네다섯 번 바뀌었고, 시나리오 개발비는 1억 원이 넘어갔다. 영화사 운영비로도 계속 돈을 쏟아부어야 한다. 꿈값이 정말 크다. 물론 그래도 좋다. 언젠가는 잘되지 않겠나.

지금도 이경규의 영화 만들기는 계속되고 있다. 2026년 개봉을 목표로 준비하고 있는 영화는 실존 인물의 이야기다. 아직 공개할 수는 없지만 이 책을 읽고 있는 독자라면 꼭 봐주었으면 한다. 그 영화의 운명은 이미 정해져 있다. 나만 모를 뿐이다. 미래에서 다시 만나자. 이 책을 읽는 여러분과 결과를 함께 확인하고 싶다.

본캐와
부캐 사이

코미디언 동기 중에 방송계에 남아 있는 이들이 몇 없다. 그래서인지 내게 오래 살아남는 방법, 롱런의 비결을 묻는 사람들이 왕왕 있다. 물론 웃기기도 해야 하고(아직까지는 꽤 자신 있다), MC일 때와 게스트일 때의 강약 조절도 잘해야 하고, 사고도 치면 안 되겠지만, 무엇보다 첫 번째는 절대 결석하지 않는 것이다.

나는 1981년에 데뷔해서 일본에 유학 가 있었던 1년을 제외하고는 단 한 주도 쉬지 않았다. 아픈 것도 핑계가 되지 않는다. 협심증이 왔을 때는 막힌 동맥을 열어주는 스텐트 시술도 녹화를 마치고서야 받았다. 방송업계에 대타란 없다. 전학 가면 전학 온다고, 자리를 비우면 그새 반드시 누군가 차지한다. 나를 기다려주는 사람은 없다. 다 내 바람인 것이다.

나에게는 방송이 본캐일까, 영화가 본캐일까? 어쨌든 방송과 영화, 두 마리 토끼를 잡는 건 어렵지만, 비결이 하나 있다면 각각이 서로의 해독제가 된다는 것이다. 영화에서 받은 스트레스는 방송에서 풀고, 방송에서 받은 스트레스는 영화에서 푼다. 방송은 정해진 시스템 안에서만 움직여야 한다. 전화가 와야 출연할 수 있으니 난 수동적인 역할이다. 그럼에도 오래 해왔기 때문에 잔뼈가 굵어 척하면 척이다. 하지만 영화는 다르다. 시나리오부터 캐스팅까지 모두가 내 손을 거친다. 그만큼 책임감도 무겁고 아직 배워야 할 것도 많다. 그런데 좋지 않은가? 여전히 배워야 할 게 있다니.

방송과 영화, 이 두 개의 기둥이 내 인생을 든든하게 받쳐준다. 하나가 무너지더라도 다른 하나가 버팀목이 되어준다. 우리 인생에는 본캐 외에 부캐도 필요하다. 그게 삶의 동력이 된다. 나 역시 방송국 문을 두드리면서 영화 시나리오를 쓰는 이중생활을 계속해왔다. 힘들지만, 그게 나를 버티게 했다. 결과가 어떻든 간에 앞으로도 계속될 것이다.

우리 인생에는 본캐 외에 부캐도 필요하다.
그게 삶의 동력이 된다.

4장

어쩌면 생겨나와
이 이야기 듣는가

세 여자가 던진 질문들
: 어머니와 아내와 딸

서울의 한 병실이었다. 태어나 처음 느껴보는 벅찬 희열, 갓 난 생명의 소중함. 아무것도 모르는 딸아이는 힘차게 울었고, 나 자신도 북받쳐 오르는 감정에 울컥해서 눈물을 참고 있었다. 갓 태어난 딸을 두 팔에 안아보았다. 조그맣고 따뜻했다. 생명의 신비함. 내 핏줄을 품에 안자, 문득 어머니가 나를 처음 안았을 때의 마음이 궁금해졌다. 어머니도 나와 같은 생각을 했을까? '이 아이는 왜 태어났을까….'

평생 이 질문을 달고 살았다. 나는 왜 태어났으며, 왜 이렇게 살아야 하는가. 하고많은 직업 중에 코미디언이 된 것도 어쩌면 이 질문에 대한 답을 찾지 못했기 때문일지 모른다. 웃음으로 이 무거운 질문을 덮어보려 한 것일지도 모른다.

김소월의 〈부모〉라는 시가 있다. 영화 〈전국노래자랑〉을 만들 때 마지막 곡으로 미리 골라두었던 노래다.

낙엽이 우수수 떨어질 때
겨울의 기나긴 밤
어머님하고 둘이 앉아
옛이야기 들어라
나는 어쩌면 생겨나와
이 이야기 듣는가?

— 김소월, 〈부모〉 중에서

묘했다. "나는 어쩌면 생겨나와 이 이야기 듣는가?" 나와 같은 의문을 품은 사람이 또 있었구나. 나 혼자만 이런 고민을 해왔던 게 아니구나. 이 시의 끝에서 화자는 이렇게 말한다. "묻지도 말아라, 내일 날에 내가 부모 되어서 알아보랴?"

그러나 부모가 되어도 답은 찾을 수 없었다. 그래서 묻지도 말라는 거 아닐까? 해가 바뀔수록 질문만 계속해서 늘어났다. '나는 왜 생겨났을까' 고민하던 내가, 이제는 내 딸은 왜 태어났는지 새로운 질문을 떠안는다. 그리고 언젠가 내 딸은 또 자기 아이를 보며 같은 질문을 되풀이할 것이다.

어쩌면 우리는 이 답 없는 질문을 아이에게, 또 그 아이의 아이에게 물려주기 위해 태어나는 걸지도 모른다. 태어나자마자 질문을 물려받고, 그 질문의 답을 찾아 한평생을 살아간다. 결국 우리에게 주어지는 건 답이 아니라 새로운 질문뿐이다.

나는 태어났을 때부터 주변에 늘 여자들이 있었다. 어머니, 친할머니, 외할머니, 그리고 아내와 딸. 그들이 철망처럼 촘촘하고 안전하게 날 둘러싸고 있었다. 그들의 이름만 죽 늘어놓아도 한 편의 드라마가 그려진다. 내가 태어난 부산에서는 어머니와 친할머니가 첫 보호막이 되어주었다. 이후 서울에 올라와서는 외할머니가 그 자리를 메워주었다. 지금은 아내가, 또 딸이 그들의 빈자리를 채운다. 릴레이처럼 이어지는 소중한 보살핌이다.

하지만 이상한 일이다. 이렇게 든든한 보호막 안에서도 늘 허공이 느껴졌다. 허공은 "왜?"라는 질문으로 가득 차 있었다. 부모는 왜 나를 낳았을까, 나는 왜 이런 사랑을 받을까. 그러면서도 나는 또 다른 생명을 세상에 내어놓았다. '너는 왜 하필 나라는 아버지를 만났을까?' 그래서 가끔 딸을 보면 미안해진다. 내가 안고 있던 허공을 그대로 물려준 것 같아서.

"나는 어쩌면 생겨나와 이 이야기 듣는가?" 한 세기가 지났는데도 이 질문은 여전히 유효하다. 한편으로는 목적 없고 방향 없는 인생에서 나에게 질문이 있어서 다행이다. 어쩌면 이 질문을 안고 살아가는 것 자체가 삶의 목적인지도 모른다. 그리고 생각한다. 오늘의 이경규를 만든 건 바로 이 질문인 것 같다고. 인생이 참 재미있다. 한평생 질문을 따라다녔는데, 그 질문이 답이 되다니. 삶은 이토록 농담 같다.

할머니의
닭곰탕

서울의 어느 추운 겨울 밤. 학과에서 밤을 새워가며 연극 무대 세트를 만들고 공연 연습을 하다가 3일 만에 외할머니와 살고 있는 전농동 단칸방으로 돌아왔다. 벌써 새벽 2시. 불빛 하나 없는 으스스한 골목길을 지나 집에 도착하니, 어둑할 줄 알았던 집 안에서 뜻밖의 냄새가 흘러나왔다. 할머니가 닭곰탕을 끓이고 계셨다.

"아이고, 배고프제?"

그때 이미 육십이 넘었던 할머니는 늘 그랬다. 언제 돌아올지 모르는 손자를 위해 밤이 깊어져도 닭곰탕을 끓이셨다. 구수한 닭 냄새가 좁은 단칸방을 가득 채웠다. 그건 닭곰탕 이상의 사랑의 냄새였다.

시간이 흐르고 그때의 기억은 '꼬꼬면'으로 다시 태어났다. 〈남자의 자격〉에서 라면을 개발하기로 했을 때, 내 머릿속에는 단번에 할머니의 닭곰탕이 떠올랐다. '그때 그 맛을 어떻게 만들었지?' 할머니가 손자를 기다리며 밤새 끓이던 닭곰탕 맛이, 몇십 년이 지나 손자의 손을 거쳐 수많은 사람들의 입맛을 사로잡을 수 있었다는 게 재미있다. 가장 개인적인 맛이 가장 보편적인 맛으로 발전한 셈이다.

꼬꼬면은 기대보다도 훨씬 많은 사랑을 받았지만, 아쉽게도 기억 속 할머니의 손맛은 끝내 재현할 수 없었다. 아무리 과학적으로 분석하고 레시피를 연구해봐도 그날 밤 할머니가 차려주시던 닭곰탕의 맛은 나지 않았다.

누구에게나 기억 속에서 선명하게 재현되는 음식이 있

다. 그리고 어쩌면 우리가 그 음식에서 회상하는 건 맛이 아닌지도 모른다. 우리가 찾는 건 추억이고, 그리움이고, 위안이다. 3일 만에 돌아온 집에서 마주한 할머니의 닭곰탕에는 어떤 산해진미보다 더 소중한, 한밤중까지 깨어 손자를 기다리던 마음이 담겨 있었다.

　지금도 가끔 늦은 밤, 라면을 끓이다 보면 생각이 난다.
"할머니, 거기에서도 닭곰탕을 끓이고 계신가요?"

콩잎과
군대

　부산에 계시던 어머니는 세 달에 한 번씩 서울로 콩잎을 보내주셨다. 깻잎도 아니고, 호박잎도 아닌 콩잎의 거친 잎사귀를 보면 묘한 기분이 든다. 마치 오래된 필름을 들여다보는 것 같다. 어머니가 보내주신 콩잎에 밥을 먹고 있으니 딸이 묻는다. "아빠, 그거 낙엽 아니야?" 맞다. 얼핏 보기에는 마른 낙엽과 다를 바가 없다. 하지만 이상하게도 이 까칠한 잎사귀 속에서 어머니가 느껴진다.

　무뚝뚝한 부산 출신 어머니와 아들은 살갑게 대화를 나

눈 기억이 많지 않다. 어떤 기억은 꿈처럼 희미하고, 때로는 우스꽝스럽기까지 하다. 그중에서도 가장 선명한 기억은 아이러니하게도 입대할 때의 일이다.

"어데 가노?"
"군대요."
"어데 간다고?"
"군대요. 잠시만 갔다 올게요."

여느 일상과 다를 바 없던 아침에 마치 시장에 다녀온다는 투로 어머니에게 입대 소식을 전했다. 그리고 정말로 '잠시' 갔다 왔다. 어머니에게 2년이라는 아들의 부재를 그렇게 가벼이 던져버렸다. 그때는 그랬다. 무거운 것들은 오히려 가볍게 말하려 했다. 가족에게는 더 그랬다. 이별이라는 단어는 너무 거창하고, 눈물은 더더욱 어울리지 않았다. 가장 중요한 순간에 가장 담담한 척했다.

지금도 가끔 생각한다. 입대하는 날 아침, 어머니는 내

뒷모습을 보면서 무슨 생각을 하셨을까? 어머니가 돌아가신 지금, 이제는 물어볼 수도 없다. 그저 콩잎처럼 거친 추억만이 우리 사이를 이어주고 있을 뿐이다.

우리는 때로 말하지 않은 것들을 통해서 더 단단히 연결된다. 거친 콩잎으로, 무심한 아침 인사로, 그렇게 우리는 서로를 기억한다.

어머니의
20년

경상남도 진해의 미군 부대. 아버지는 영어를 잘해서 통역병으로 일하셨다. 그곳에서 미국인들이 뽑은 가장 성실한 한국인으로 선정되기도 했다. 하지만 술이 결국 아버지를 무너뜨렸다.

20년, 긴 시간이다. 강산이 두 번 변하고, 갓난아이가 성인이 되는 시간이며, 한 사람의 청춘이 모두 사그라드는 시간이다. 어머니는 그 긴 시간을 하루하루 무너져가는 아버지 곁에서 보냈다. 차마 물어보지 못했다. 가끔 어머니도 '왜?'라는 질문을 했을까? 왜 나는 이렇게 태어나 이런 삶을 살아야 하나. 왜 이 고통을 피할 수 없을까.

이제는 두 분 다 내 곁을 떠나고 없다. 아버지가 먼저, 어머니가 7년 후에 가셨다. 아버지가 떠났을 때 나는 뿌리가 송두리째 뽑힌 나무가 된 기분이었다. 그런데 어머니가 돌아가시자 고향이 없어진 것 같았다. 돌아갈 곳이 없어진 듯한 공허함. 세상에 혼자 남으니 이상하게도 이제야 조금은 알 것 같다. 어머니가 어떻게 그 20년을 견뎌낼 수 있었는지.

선택권이 없었기 때문이다. 태어나는 것도, 살아가는 것도, 견뎌내는 것도 모두 선택할 수 있는 일이 아니다. 그저 흐르는 강물처럼 우리 인생에 자연스럽게 왔다가 가는 것이다. 어쩌면 그게 우리 삶의 본질인지도 모른다. 받아들여야 한다, 그 모든 것들을.

아내라는
미지의 영토

결혼 초기, 나는 심각한 오류를 범했다. 어머니의 영토에 아내를 그려 넣으려 했던 것이다. 그건 마치 아시아 대륙에 호주를 붙이는 것처럼 터무니없는 시도였다. 아내는 아내고, 어머니는 어머니인데 왜 당연한 사실을 늦게 깨달았을까? 두 사람은 전혀 다른 존재인데 말이다.

우리는 태어나자마자 '어머니'라는 절대적인 준거점을 만난다. 그리고 대부분 내 나이 또래의 남자들은 그 기준으로 세상의 모든 여자를 이해하려고 든다. 특히 아내를.

이보다 더 크고 위험한 착각이 있을까?

어머니의 사랑은 블랙홀 같다. 자식이 어떤 잘못을 해도 모두 빨아들여 흔적도 없이 사라지게 만든다. 하지만 아내의 사랑은 내 반대편에 올라가 있는 저울추와 같다. 저울이 어느 한쪽으로 기울지 않게 항상 평행을 유지해야 한다.

"아내는 엄마가 아니에요." 누군가 나에게 해준 말이다. 당연한 일인데도 마치 콜럼버스에게 누군가 "여기는 인도가 아니다"라고 말해준 것처럼, 새로운 대륙을 발견한 느낌이었다.

가족이라는 울타리 안에서 우리는 쉽게 착각하고 만다. 남편은 아버지가 아니고, 아내는 어머니가 아니다. 이 당연한 진리를 깨닫는 데 많은 시행착오가 필요했다. 지금도 가끔은 어머니의 무한한 용서가 그립다. 그리움 역시 없어서는 안 될 삶의 한 조각이다. 마치 어릴 적 뛰어놀던 골목길이 그립듯이 부모에 대한 향수는 우리가 얼마나 멀리 왔는지 알려주는 이정표가 되어준다. 돌아갈 수는 없다. 나아갈 수 있다는 희망만이 있을 뿐.

　이제는 안다. 아내와 나는 서로에게 새로운 대륙이고, 우리는 아직도 함께 지도를 그리는 중이다. 그리고 어쩌면 그 지도는 영원히 완성되지 않을지도 모른다.

수정같이
맑은 순간들

산부인과에서 처음 눈을 마주쳤을 때, 그 또렷한 시선이 아직도 선명하다. 초등학교 1학년, 교문으로 걸어 들어가는 조그마한 뒷모습. '저 작은 것이 뭘 알고 저기 들어가나….' 그리고 결혼식장에서 드레스 자락을 붙들고 입장하던 순간까지.

30여 년의 긴 시간 속에서도 빛이 바래지 않고 수정처럼 반짝이는 순간들이 있다. 30년 전에 본 영화 속 스틸컷처럼, 시간이 지나도 희미해지지 않는 장면들이다. 아마도 죽기 전까지 잊지 못하겠지.

"무자식이 상팔자다."
"가지 많은 나무에 바람 잘 날 없다."

자식이 있어 행복하지만 걱정도 많다. 골칫덩어리였다면 어땠을까. 자식들이 범죄를 저지르는 CCTV를 발견한 두 가족의 이야기를 그린 허진호 감독의 영화 〈보통의 가족〉을 보면서 가슴이 선뜩했다. 자식이 태어난 이후에는 남의 집 자식을 봐도 영 마음이 쓰인다. 자식을 키우다 보면 심장 철렁한 순간도 많지만 자식이 주는 행복은 무엇과도 비교할 수 없다. 세상의 모든 자식들이 사고 치지 말고 선량하게 잘 살았으면 좋겠다. 나라는 자식도 마찬가지다.

요즘은 결혼식에서 신부가 혼자 입장하기도 한다. 하지만 아버지가 신부의 손을 잡고 식장에 함께 걸어 들어가는 전통은 유지되었으면 한다. 초등학교 때 등교하는 아이의 가방을 들어주고, 결혼식 때 드레스 자락을 들어주는, 그 모든 순간이 아버지에게는 잊지 못할 특별한 추억이 된다. 그마저도 못 해준다면, 그것마저도 할 수 없다면…. 가부장제나 남성우월주의 때문이 아니다. 그저 자식이 부모의 품을 떠나는 예식에서, 부녀가 서로를 신뢰하고 있음을 보여주는 작은 의식일 뿐이다.

핏줄은 참 신비롭다. 학연, 지연도 있지만 피는 물보다 진하다고 했던가. 자식에게 새로이 배우는 감정들이 많다. 아들은 어떨지 모르겠다. 나에겐 딸뿐이니까.

딸이라는
미완성 방정식

45년 동안 쉼 없이 달려왔다. 가차 없고 냉혹한 방송계에서 어떻게든 살아남으며 나를 지금 여기까지 오게 한 원동력은 아마도 나의 딸일 것이다. 하나뿐인 나의 자식이 어느 날 불쑥 말했다. "아빠, 나 결혼식 날짜 잡았어."

그날 이후로 나는 딸에게 아무것도 묻지 않았다. 궁금해서 죽을 것 같아도 꾹 참았다. 결혼한 지 햇수로 벌써 3년이 넘어가는데 행복한지, 잘 지내는지, 이런 질문들은 목구멍에서 삼켜버린다. 왜? 딸아이는 이제 나와 독립된 객

체니까. 부모는 부모고, 자식은 자식이다.

가끔은 생각한다. 우리 딸이 항상 집에서 날 기다리고 있다면? 환장할 것 같다. 그런데 나를 더 환장하게 만드는 건 내가 이런 생각을 하고 있다는 사실이다.

어머니는 무조건적인 사랑이었고, 아내는 등호(=)다. 그렇다면 나에게 딸은 무엇일까? 미지수(x)? 아니, 어쩌면 무한대(∞)? 그만큼 딸은 미지의 영역이고, 어려운 존재다. 아내는 1992년 결혼한 이후로 나와 크고 작은 인생의 고비를 함께 넘었다. 행여나 실수를 하더라도 당신과 나는 서로 이해해줄 수 있지, 하는 믿음이 있다. 하지만 딸은 다르다. 딸을 실망시키고 싶지 않다. 딸을 통해 보는 세상은 늘 새롭다. 내가 알던 모든 공식이 딸 앞에서는 한낱 무용지물이 된다.

언젠가 딸에게 아빠가 영원히 비빌 언덕이 되어주겠다고 말했다. 그런데 이건 내 착각이다. 도리어 내가 딸에게 비비고 있다는 놀라운 사실을 깨달았다. 나이를 먹을수록 부모가 자식에게 의지할 일이 훨씬 더 많아진다. 하루가 다르게 느끼고 있다. 이게 바로 성장이 아닐까?

언젠가 딸에게
아빠가 영원히 비빌 언덕이 되어주겠다고 말했다.

그런데 이건 내 착각이다.
도리어 내가 딸에게 비비고 있다는 사실을 깨달았다.

결혼 제도의
미래

　서경석, 이윤석, 강호동. 이 세 사람의 결혼식에 주례를
봤다. 결혼식에 앞서 어떤 축복의 말이 있을지 찾아보다가
깜짝 놀랐다. 결혼에 대해서는 좋은 말이 하나도 없었다.

　"악처를 만나면 철학자가 된다."
　"죽음과 결혼은 늦게 할수록 좋다."
　"결혼은 적과의 동침이다."

인류가 수천 년간 이어온 제도에 이런 악담뿐이라니. 생각해보자. 불과 몇십 년 전까지만 해도 상대의 얼굴도 모르는 채로 결혼하기도 했다. 대를 잇지 못하면 소박을 당하기도 했다. 하지만 종족 번식이 목적이던 그때와는 많은 게 달라졌다. 아니면 결혼이란 단순히 사회제도일 뿐인 걸까? 그렇다고 부부에게 아이를 많이 낳으면 아파트 청약에 당첨시켜 주겠다, 이런 정책도 통하지 않는다. 그래봐야 낳을 사람은 낳고, 안 낳을 사람은 안 낳는다.

결혼적령기라고 하는 삼십 대 초반의 미혼율이 50퍼센트를 넘었다. 앞으로도 더 늘어나면 늘어나지, 줄어들지는 않을 것 같다. 결혼한 지 30년이 넘은 나에게 어떤 사람들은 묻기도 한다. "그럼 결혼 제도가 어떻게 바뀌어야 할까요?" 나도 모른다. 하지만 한 가지는 확실하다. 100년 후에는 이 제도가 완전히 달라질 것이다. 이미 변하고 있다. 결혼을 부정하는 게 아니다. 흑백 TV가 컬러 TV로 확장된 것처럼, 우리에게는 결혼도 새로운 버전이 필요하다.

주례사를 준비하면서 축복의 말을 찾기 어려워 애쓰던

때에 알아차렸다. 사람들은 지금의 결혼 제도에 만족하지 못하고 있다. 사람을 제도에 맞출 것이 아니라, 사람에 맞춰 제도가 달라져야 한다. 더 많은 사람들이 행복해질 수 있는 새로운 제도가 만들어지기를 기대한다. 그때는 아직 누구도 써보지 않은 축복의 말이 등장할 것이다.

개와 인간의
시간

첫 반려견은 셰퍼드였다. 초등학교 시절, 좁은 전셋집 마당 한구석의 작은 개집. 우리 가족이 된 첫 강아지의 보금자리가 지금도 선명하다. 그 개가 새끼를 낳으면서 두 세대에 걸쳐 우리 가족과 함께 살았다. 나는 고등학생이 되어서도 가끔 개집에 들어가서 개들과 함께 잠을 잤다. 뜨끈뜨끈한 체온에 난방도 필요 없었다.

고등학교 2학년,《로미오와 줄리엣》에서 따온 줄리라

는 낭만적인 이름을 가진 반려견이 곁을 떠났을 때 처음으로 깊은 상실을 경험했다. 십 대의 눈물은 어른이 된 이후보다 순수하고 깊었다. 대학을 다닐 때에는 상황이 여의치 못해 잠시 개와 멀어져 있었지만, 원을 그리듯 원래 있어야 할 제자리로 돌아왔다. 결혼한 아내도 개를 사랑하는 사람이었고, 우리 부부는 지금까지 스무 마리가 넘는 개들과 살았다. 더할 나위 없이 행복했다.

봄이면 장터에서 강아지를 사다가 키워서 복날에 잡아먹던 시절이 있었다. 복날 보신탕집 앞에 길게 늘어선 줄은 일상이었다. 산에서 장작불 피워 강아지를 삶아먹던 폭력적인 시절을 지금 젊은이들은 상상도 못할 것이다. 시간이 흐르고 세상이 바뀌었다. '반려견'이라는 단어조차 생소하던 때가 있었는데, 이제는 온전한 가족 구성원이 되었다.

왜 동물과 함께 살게 되었을까? 어쩌면 그들은 우리가 잃어버린 것들의 거울인지도 모른다. 순수한 감정, 조건 없는 사랑, 현재에 충실한 삶. 예전에는 개를 마당에서 키

웠지만 이제는 함께 자고 함께 먹는 가족이 됐다. 요즘은 자식도 줄어들고, 아이들도 집을 떠나는데, 이 녀석들이 빈자리를 채운다. '반려'라는 이름이 생긴 이유다.

한때는 한 번에 최대 아홉 마리까지 키운 적이 있다. 반려견 두치가 새끼 여덟 마리를 낳았을 때는 MBC 예능 프로그램 〈마이 리틀 텔레비전〉에서 분양 과정을 생방송으로 내보내기도 했다.

개들이 인간보다 수명이 짧다 보니 먼저 떠나보낸 적이 많다. 크기도 생김새도 달랐지만 떠나는 순간의 아픔은 언제나 똑같았다. 〈남자의 자격〉에서 만난 남순이는 10년을 함께 살다 작년에 떠났다. 반려견을 잃은 슬픔을 '펫로스 증후군'이라고 부른다는데, 사람과 이별하는 여느 아픔과 다르지 않다. 상담을 받는 사람도 있다고 한다. 나 역시 서른 번의 이별을 겪었어도 여전히 매순간이 견디기가 힘들다.

반려견 화장터에서 받은 뼛가루를 유골함에 담아두었다. 어딘가에 뿌리라고 하지만 곁에 두고 생각날 때마다 보고 싶어서 여전히 가지고 있다. 이제 우리 집은 개들의 요양원이 됐다. 대부분이 고령이고, 얼마 전에도 한 마리가 우리 곁을 떠났다. 이상하게도 강아지들이 떠날 때마다 먼저 떠난 아이들이 더 생각이 난다. 짱아 그리고 꾸마. 언제나 그립고 또 그립다.

왜 동물과 함께 살게 되었을까?
어쩌면 그들은 우리가 잃어버린 것들의 거울인지도 모른다.

언제나 그립고 또 그립다.

무대 뒤의
불안

두치는 나와 화보도 같이 찍은 적이 있는 불도그다. 두치는 거의 연예인이었다. 홍대에서 나와 함께 공연도 했고, TV에도 자주 나왔다. 지금은 원로견이 되어 연예계 활동은 접었지만, 아직도 산책을 할 때면 "두치네!" 하고 알아보는 사람들이 많다.

두치와의 첫 만남은 갑자기 이루어졌다. 어느 날 딸 예림이가 데려왔는데, 신기하게도 두치와 난 무언가 통하는 게 있었나 보다. 만난 지 얼마 안 돼서 엄청나게 친해졌다.

tvN 예능 프로그램 〈SNL 코리아〉 생방송 오프닝에도 두
치를 데리고 나갔다. 두치는 몸집이 큰 편인데도 점잖았
다. '앉아' '기다려'만 해도 사람들이 좋아했다. 복잡한 훈
련을 할 필요가 없었다. 그런데 스탠바이 직전, 무대 뒤에
서 대기하고 있는데 공황장애가 찾아왔다. 하루 종일 연습
했는데, 생방송을 앞두고 스트레스가 몰려온 것이다. 머리
가 어지러웠고 손이 표가 날 정도로 덜덜 떨렸다. 근데 관
객들이 박수를 치기 시작하자, 두치가 먼저 뛰어나갔다.
그게 신호라도 되는 것처럼, 나도 안정을 되찾았다. 두치
가 함께 있었던 덕분이다.

생방송 직전의 불안과 긴장 속에서 두치가 먼저 앞으로
나섰다. 마치 "괜찮아, 내가 있잖아"라고 말하는 것처럼.
윤석이 내 오른팔이라면, 두치는 내 왼팔이다.

"편혜영, 그리고 어니언"

반가움의
교과서

소속사 ADG_{Angry Dog is Great} 컴퍼니 사무실에는 개가 산다. 소속사 대표의 개가 이곳을 삶의 터전으로 삼았다. 100퍼센트 실외배변을 하는 강아지라서 매일 산책은 필수다. 사무실에 누가 오든 반긴다. 나의 원수도 반길 것 같다. 꼬리도 이러다 부러지는 것 아닌가 싶을 정도로 흔든다. 하지만 사무실에서는 얌전하다가 밖에서는 돌변한다. 말 그대로 '앵그리 도그'가 된다. 특히 고양이만 보면 본능을 드러낸다. 안에서 참았던 감정을 밖에서 터뜨리나 보다. 한바

탕 산책을 하고 돌아오면 금세 순해진다. 이 사람 저 사람에게 좋다고 들이대기 바쁘다.

사람은 개와 다르다. 가족이 아침에 나갔다가 점심에 들어와도 "왔어?" 한마디뿐이다. 말이라도 하면 고맙지, 자식은 엄마, 아빠가 들어와도 방문을 열지 않는다. 부모도 밖에서는 참다가 안에 들어와서 가족에게 화를 터뜨리기도 한다. 하지만 개는 같은 집에 있어도, 잠시 나갔다가 들어와도 마주칠 때마다 축제다. 눈에 띌 때마다 꼬리를 신나게 흔든다. 개는 언제나 제일 먼저 달려 나와 반긴다. 그래서 가족 모두가 개를 제일 좋아한다. 하루에 수십 번을 봐도 매번 처음 만난 것처럼 안긴다. "오랜만이에요"가 진심으로 들리는 건 개와 단골가게 주인뿐이다.

우리는 개에게 반가움의 기술을 배워야 한다. 아내도, 남편도, 자식도 서로를 반기는 법을 잊었다. 나를 진심으로 온몸과 마음을 다해서 환대하는 이가 있다는 사실만으로도 인생은 살 만한 것이 된다. 사람도, 사람에게 그랬으면 좋겠다. 일단 나부터 노력해야겠다.

5장

굵고 길게
사는 중입니다

살아남는 자가
승자다

"노력하는 사람은 즐기는 사람을 이길 수 없다."

말도 안 되는 소리다. 즐기는 사람은 그저 즐길 뿐이다. 진짜 강한 사람은 끝까지 버티는 사람이다. 70퍼센트만 보여주면서 오래 버티는 사람이 이기는 사람이다. 100퍼센트로 초반부터 퍼부어서 금방 지쳐 나가떨어지는 것보다 꾸준히 오래 가는 것이 더 현명하다.

전쟁터를 생각해보라. 죽은 자들은 말이 없다. 구십 대의 6·25 참전용사만이 그날의 이야기를 들려줄 수 있다. 장군이든 병사든 살아남아야 한다.

조용필 선배를 보라. 일흔이 넘어서도 여전히 앨범을 내고 무대에서 노래하고 있다. 20집이 넘도록 자기 이야기를 할 수 있는 무대를 갖고 있다는 건 대단한 일이다. 끝까지 남아 있는 사람만이 가질 수 있는 특권이다.

술자리도 마찬가지다. 끝까지 쓰러지지 않고 깨어 있는 사람만이 그날 밤의 진실을 기억한다.

진정한 승리는 속도가 아니라 지속하는 힘에서 나온다. 코앞의 이익에 목숨을 걸지 말자. 살아남는 사람, 마지막까지 남아 이야기를 들려줄 수 있는 사람, 그가 진정한 승자다. 아직까지 살아남은 내가 하는 말이니 틀림없다.

웃음에는
유통기한이 없다

TV를 자장가 삼아 켜놓고 잠들던 시절이 있었다. 이제는 유튜브가 그 자리를 차지한 것 같다. 이를 닦을 때, 밥 먹을 때, 이동하는 순간에도 유튜브가 함께한다.

예림이 또래의 2030세대가 내 옛날 작품을 좋아한다고 하면 묘한 기분이 든다. 요즘 유튜브는 타임머신 같다. 못 보는 프로그램이 없다. 〈일요일 일요일 밤에〉를 실시간으로 보던 5060세대가 젊은 세대와도 공유할 수 있는 기억이 늘어난 것이다. 역시 웃음에는 유통기한이 없다.

옛날 프로그램을 다시 보면 그때는 몰랐던 것들이 새롭게 눈에 띈다. '진짜 웃음'이 터지는 순간, 예상하지 못한 상황에서 발 빠르게 움직이는 출연자들의 본능적인 반응들. 한 차례 김이 가라앉고서야 보이는 것들이 있다.

최근에 이문세 콘서트에 갔는데, 오십 대 여성들의 소녀 같은 환호를 들으며 깨달았다. 옛날 노래는 타임캡슐이구나. 한창 이문세 노래를 듣고 즐기던 그 시절로 우리를 데려가준다. 임영웅이 리메이크하는 옛날 노래에 사람들이 열광하는 이유이기도 할 테다. 좋아하는 것, 사랑하는 마음은 변함이 없다.

우리는 모두 시간이라는 강물 위에 떠 있는 조각배와 같다. 흘러간 과거를 추억하고, 눈앞의 현재를 즐기고, 아직 오지 않은 미래를 그리며 살아간다. 중요한 것은 오고 가는 흐름에서 순간을 즐기는 일이다.

도망의
시대

고등학생 때, 어떤 선생님이 말했다. "젊었을 때는 추억을 만들고, 나이가 들면 젊었을 때의 추억을 곱씹으며 산다." 그렇게 꼰대가 되는 걸까? 아는 형님(이덕화)도 만날 때마다 모스크바영화제에서 받은 물고기 모양 남우주연상 트로피 이야기를 해서 가능한 한 피하고 있다. 왜 그 영화제는 최고의 낚시광에게 물고기 모양 트로피를 줘서 내 귀에 피가 나게 하는가?

이렇게 꼰대가 과거에 매여 있다면, 젊은이들은 현실을

스위치처럼 자유자재로 껐다가 켠다. 갑자기 제주도로 떠나 한 달 살기를 하고, 해외여행도 우리 때보다 훨씬 쉽게 떠난다. 우리 세대는 공연히 휴식을 죄스럽게 생각했는데, 요즘 젊은이들은 어디로든 자유자재로 움직인다. 다행이고 부러운 일이다.

쉬는 날에는 집 밖으로 한 발자국도 나오지 않는 집순이, 집돌이도 하나의 트렌드가 됐다. 예전에는 은둔형 외톨이라고 하면서 부정적인 어감이 강했는데, 이제는 라이프스타일 중 하나로 받아들이고 있다. 우리 아버지 같았으면 "이놈아, 당장 밖에 나가서 뭐라도 해라" 하며 회초리를 들었을 텐데. 그만큼 젊은이들에게 현실이 너무 높은 벽이 되어버린 걸까?

후배 윤형빈과 있었던 일이다. 촬영장 대기실에 함께 앉아 있는데, 옆에서 계속 휴대폰을 두드리고 있는 것이다. 뭐하냐 물었더니 '소통'을 하고 있단다. "내가 옆에 있는데 왜 보이지도 않는 사람들하고 얘기하냐?" 했더니, 그게 요즘 트렌드란다. SNS인지 뭔지. (그 이후에 나도 인스타그램 계정을 만들었다. 일단 해봐야지.)

세대 구분도 간격이 짧아졌다. 예전에는 20년 정도는 돼야 세대 차이가 났는데, 이제는 두세 살만 차이가 나도 다른 세상에서 온 사람이 된다. 말투도, 관심사도, 소통 방식도 천지차이다.

과거의 영광에 갇힌 꼰대도, 현실을 외면하는 젊은이도, 빠른 시대 변화에 지쳐 각자의 피난처를 만든 것일지 모른다. 어쩌면 우리는 모두가 도망자인 걸까? 물론 도망쳐야 할 때는 도망쳐야겠지만 일단 오늘은 도망자가 되지 않기 위해 현장에 간다. 카메라 앞에서 사람들과 마주하려고, 지금을 살아내는 법을 배우기 위해.

영원한
불안

고조선 이래 이 나라가 이렇게 풍요로운 적이 있었을까? K-Pop, K-Food, K-Drama…. 한강 작가가 노벨문학상을 받는 영광의 시대다. 그런데 왜 우리는 항상 불안할까?

길다면 길고, 짧다면 짧은 인생을 살면서 '경기가 좋다'는 말을 들어본 적이 없다. 경제는 늘 어렵고 경제를 살려야 한다는 말뿐이다. 전 세계 20위권에 거뜬히 드는 경제 대국이 되었는데도(2024년 기준 1인당 명목 GDP 순위 12위다.) 여전히 부족하다고 한다. 계속 발전해야 한단다.

행복지수가 높은 나라 코스타리카에 간 적이 있다. 남미와 북미 사이에 위치한, 면적이 서울보다 작은 나라. 그곳에서는 도시를 조금만 벗어나면 눈앞에 바로 정글이 펼쳐진다. 앵무새들이 자유롭게 날아다니고 나무늘보, 라쿤 등 다양한 야생동물을 만날 수 있는 곳이다. 우리나라보다 GDP 순위는 낮아도 행복지수는 훨씬 높다.

경쟁구도가 문제일까? 1970년대에는 한 반의 정원이 60명이었고, 학생이 많아 오전반과 오후반으로 나눠서 수업을 했다. 지금은 한 반에 25명도 안 된다는데 인원은 줄어도 경쟁은 더 치열해졌다. 입시 전쟁이 유치원에서부터 시작된다고 하니 말 다했다.

어쩌면 진짜 문제는 경쟁 자체보다 '지금보다 더 떨어지면 안 된다'는 강박일지도 모른다. 남들보다 더 잘 살아야 한다는 압박감, 현재에 만족하지 못하는 끝없는 욕망. 우리의 DNA에는 영원한 불안이 새겨져 있는 것 같다. 유대인에 견줄 만한 집념으로, 우리는 계속 달린다. 비록 불행하더라도.

소확행 말고
대확행

몇 년 전부터 소확행, '소소하지만 확실한 행복'이 유행이라는데, 나는 더 큰 행복, 대확행을 말하고 싶다. 이왕 행복한 거 제대로 행복해야 한다.

예컨대 엄마가 싸준 도시락이 맛있다면 소확행이겠지만, 엄마가 계시다는 것 자체는 더 큰 행복이다. 어머니가 돌아가신 지금은 더 잘 안다. 커다란 행복이 있어야 작은 행복들이 낙수효과처럼 떨어지는 법이다. K리그 2부 선수든, 3부 선수든, 축구를 할 수 있다는 사실 자체가 행복이다. 딸이 축구선수와 결혼하겠다고 했을 때, 난 어느 팀인지 묻지 않았다. 그가 축구선수라는 사실만으로도 좋았다. 내가 코미디언인 것만으로도 행복한 것처럼 말이다. 성공은 부차적인 문제다. 이 직업을 가질 수 있다는 것, 그 자체가 더 큰 행복이다.

서울에 올라와 방송국에 발을 들이고, 여기까지 온 것 자체가 행복이다. 우리는 존재 자체가 얼마나 큰 행복인지 너무 쉽게 잊는다. 살아 있다는 것, 일할 수 있다는 것, 누군가와 함께할 수 있다는 것이 어떤 소확행보다도 크고 확실한 행복이다. 그러니 소확행을 쫓느라 대확행을 놓치지 말자. 소확행은 저절로 따라오게 만들자.

이경규의
하루

아침 8시 30분쯤 잠에서 깬다. (가끔씩 새벽 4시에 일어나는 수도 있다. 손흥민의 경기를 보기 위해서다. 그는 왜 지구 반대편에서 축구를 하는가.)

일어나면 먼저 강아지들이 밤새 잘 지냈는지 한 바퀴 돌아본다. 저들끼리 노느라 어질러진 집도 치우고 밥그릇, 물그릇과 화장실도 확인하고.

그러다가 9시 30분이 되면 삶은 달걀 두 개와 사과 반쪽을 먹는다. 6개월째 유지하고 있는 아침식사다. 속도 편안

하니 부담이 없고 건강에도 좋다.

그러고는 집에서 나온다. 녹화가 없는 날에도 무조건이다. 직장생활을 한 번도 해본 적은 없지만 전문용어로 '출근'을 한다. 일이 없어도, 때려 죽여도 일단 집에서 나온다. 나갈까 말까 고민하지 않는다. 아침 11시부터 오후 4시까지 집에 있어본 적은 코로나에 걸렸을 때 말고는 거의 없다. 좋든 싫든 쉬는 공간인 집에서 나와야 뭐라도 된다. 하다못해 밖에서 사람들이라도 만난다. 집에서는 휴식만, 밖에서는 일만. 공간을 분리해야 한다. 내 신조는 두 가지가 있다. 첫째, 누우면 죽는다. 둘째, 집에서 나와야 산다.

집에서 나와 가는 곳도 정해져 있다. 회사 사무실, 사우나, 운동(헬스장 아님 골프연습장). 낮 시간에 날 찾으려면 이곳 중 하나로 오면 만날 수 있다. 가장 자주 가는 곳은 역시 사무실인데, 사무실이라고 맨날 일만 하는 것은 아니다. 책상에 앉아 책을 읽기도 하고, 졸리면 언제든 잘 수 있게 접이식 침대도 들여놨다. 물론 시나리오도 적는다. 점심은 사무실에 항상 준비되어 있는 현미 즉석밥에 파김치, 장조

림 정도로 간단하게 먹는다.

그러다가 저녁이 되면 회사 근처에서 누군가를 붙잡아서 한잔하려고 하이에나처럼 기웃거린다. 그래봐야 술을 마시는 곳도 거의 정해져 있다. 회사 근처 고깃집이나 제주 횟집, 중국집, 아니면 동호대교 건너 단골가게에서 돼지고기.

만나는 사람들 역시 마찬가지다. 함께 일하는 또는 일했던 PD들 아니면 이윤석, 이수근, 서장훈, 이창호. 대개 자극적이지 않고 성정이 유순한 초식동물들만 만난다. 한 잔두 잔 들이켜다가 취기가 올라온다 싶으면 자리를 옮겨 집 근처 펍에서 입가심용 맥주 한 잔으로 마무리한다. 시간과 생활반경이 정해져 있는 이경규의 일상은 이렇다.

이전에는 술을 많이 마시고 기억을 잃거나 아니면 술이 잔뜩 취한 채로 집에 들어와 여기저기 전화로 민폐를 끼치기도 했다. 이제 술은 일주일에 한두 번 정도에 그친다.

규칙적인 생활로 알려진 철학자 칸트만큼은 아니겠지

만, 회사 사람들과 자주 만나는 지인들은 내 생활패턴으로 퇴근 시간을 알아맞히는 것 같다. '아, 이 형님이 전화하신 것을 보니 퇴근할 시간이 됐나 보다!' 나 J(계획형)인가?

삶이라는 허공을
날아가는 법에 대하여

나훈아 선배의 〈삶〉이라는 노래의 뮤직비디오는 이렇게 시작한다.

선배의 옆모습이 등장하고 그 위로 천천히 人(사람 인) 글자가 나타난다. 이어서 卜(운수 복), 己(몸 기), 마지막으로 口(입 구). 그리고 이 네 글자가 모여 '삶'이 된다. 한자 네 글자가 모여 우리 인생이 된다. 사람이 있고, 운명이 있고, 몸이 있고, 입이 있다. 산다는 건 이게 전부다.

선배는 말했다. 인생은 놀다 가는 것이라고. 그런데 우리는 자꾸 복잡하게 생각한다. 젊을 때는 욕심을 버리지 못해 가득 채우려 들고, 늙어서는 허망해져서 다시 비우려 한다. 빈 손으로 왔다가 빈 손으로 가는 건데 뭐가 그리 대단하다고. 죽으면 다 놓고 가야 한다. 그래서 나는 다 쓰고 떠날 것이다.

법정 스님에게 난초가 있었다고 한다. 아주 예쁜 난초였다. 스님은 멀리 갈 일이 있어도 난초가 마음에 걸려 망설이는 날이 많았다. 물은 어떻게 주나 걱정이 됐다. 그래서 난초를 다른 사람에게 줘버렸다. 그제야 마음이 가벼워졌다고 한다. 우리 삶도 그렇다. 쥐고 있으면 무겁기만 하다. 놓아버리면 가벼워진다.

사과나무를 심는다. 열매를 볼 수 있을까? 모른다. 그래도 심는다. 언젠가 누군가는 따먹겠지. 그게 삶이다. 허공에 던져진 공처럼, 올라갔다가도 다시 내려온다. 그 사이에 뭔가 있겠지.

찾다가 끝나는 것이
삶이다

기독교, 불교, 이슬람교 등 종교들은 각자의 방식으로 삶이 끝난 이후를 설명한다. '천국(또는 지옥)에 간다' '윤회한다' '알라 곁으로 돌아간다' 종교마다 다른 답을 준다. 모두 자신들만의 진리를 갖고 있다. 일본은 특이하다. 정해진 종교가 없고 대신 신들이 많다. 각 사당마다 다른 신을 모신다. 인도도 마찬가지다. 힌두교는 신들이 헤아릴 수 없이 많다. 그래서 '테스형!'이라는 노래가 나왔나 보다. "테스 형, 먼저 가본 저세상 어떤가요? 가보니까 천국은 있던가요?" '너 자신을 알라' 외치던 철학자도 저세상은 설명하지 못했다. 그들도 정확히는 모르는 것 같다.

챗GPT에게 물으니 지구상에 살다간 인류가 1,170억 명이라고 한다. 그중 한 명이 나다. 공룡이 살던 수억 년 전에 인간은 존재하지도 않았다. 공룡보다도 나중에 등장한 인류가 삶의 본질을 따지는 게 우습게 느껴진다. 수천 억 분의 1의 존재가, 수억 년의 시간 속 찰나를 살다가는 존재가 무슨 대단한 의미를 찾으려 하나.

어쩌면 그게 답일지도 모른다. 모른다는 답. 삶의 본질이 뭐냐고? 모르는 게 본질이다. 그래서 계속 찾는다. 찾다가 끝난다. 그게 삶이다.

죽음이 우리에게
가르쳐주는 것들

나에게 첫 번째 가치는 일이다. 마지막까지 일하고 싶다. 두 번째는 연결이다. 내 심장을 치료해준 의사가 없었다면, 택시 기사가 없었다면, 비행기 조종사가 없었다면. 모두가 서로를 위해 존재한다. 돈을 받고 하는 일이라지만, 결국은 서로를 위한 일이다. 내가 있어 당신이 있고, 당신이 있어 내가 있는 것이다. 거미줄처럼 모두가 연결되어 있다.

죽음은 삶과 연결된다. 죽음이 있어서 삶이 더 웅장해진다. 죽음이 없다면 인간 세상은 아수라장이 됐을 것이다. 죽음은 나쁜 놈도, 좋은 놈도 공평하게 데려간다. 젊을 때는 할머니와 할아버지의 부고 소식을 들었다. 이제는 친구들의 부고를 듣는다. 순서대로 서서히 다가온다.

촬영으로 호스피스를 찾아간 적이 있다. 내 팬이라는 환자가 있었다. 죽기 전에 나를 만나고 싶었다는데, 내가 도착하기 전날 의식을 잃었다. 손을 잡아보니 따뜻했다. 의식은 없어도 온기는 분명하게 남아 있었다.

'천상천하유아독존'이라는 말이 있다. 하늘 위와 하늘 아래 오직 나만이 존귀하다는 뜻이다. 우리에게는 누구보다 나 자신이 우선이다. 내가 죽으면 끝이다. 그래도 세상은 계속 돌아간다. 사무실도, 도시도, 별도. 신을 믿는 사람이 점점 줄어들고 있다. 과학이 발전하면서 신앙의 자리가 줄어든다. 그래도 우리 DNA에는 종교적 본능이 남아 있다. 별을 보며 기도하던 조상들의 유산이다. 그래서일까. 〈도시어부〉를 찍는 7년 동안 배 위에서 노을을 바라보면

경건해졌다. 매번 같은 장면인데도 매번 새롭다. 죽음도 그렇지 않을까?

젊을 때는 죽음 이후가 궁금했다. 우리는 어디로 갈까? 뭐가 있을까? 이제는 그런 생각도 지겹다. 그저 끝이다. 다만 죽음이 있어 삶이 겸손해진다. 욕심도 줄어든다. 거대한 낭떠러지가 앞에 있다는 걸 알면, 발걸음이 조심스러워진다.

우주에서 보면 우리는 먼지보다 작은데, 시간으로 보면 찰나인데, 죽음이 있어 오히려 삶이 가치 있어진다. 한 사람의 죽음에는 우주만 한 울림이 있다. 내가 있어 예림이가 있고, 딸이 있어 예림 엄마가 있다. 우리는 모두 이렇게 연결되어 있다. 서로를 위해 존재하다가 조용히 사라지는 것, 그게 삶이고 가치다. 죽음은 그저 마침표다. 그걸로 충분하다.

재산과
유산의 차이

재산과 유산은 무엇이 다를까.

재산은 누군가와 함께 쓰는 돈이다. 맛있는 걸 사주고, 선물하고, 베푸는 것이 재산이다.

유산은? 내가 쓰지 못하는 돈이다.

많은 사람들이 돈을 벌면 재산 증식에 눈을 돌리지만, 나는 부동산이며 주식이며 단 한 번도 해본 적이 없다. 바보 같은 짓이라고 손가락질하는 사람도 있지만 그게 나의 자부심이다. 누구는 빌딩을 사서 몇십 배로 불렸다는데, 나는 번 돈을 영화에 모두 걸었다. 함께 웃고 울 수 있는 작품을 만드는 데 썼다.

영화 대신에 건물을 샀다면 재산은 늘릴 수 있었을지도 모른다. 하지만 영화를 만들면서 얻었던 기쁨은 알지 못했을 것이고, 삶의 원동력을 찾지 못했을 것이다. 이 선택이 내 삶을 더 풍성하게 만들었다. 다들 건물 타령을 하지만 죽을 때 건물은 못 가져간다. 나에게 건물이 있다면, 팔아서 죽기 전에 다 쓰고 죽겠다. 그게 재산이고 나머지는 유산일 뿐이다.

조용필 선배를 보라. 칠십 대 중반에도 20집을 발매했다. 클린트 이스트우드는 구십 대인 지금도 영화를 만든다. 돈을 벌겠다는 목적이 아니다. 누군가와 나눌 수 있는 작품을 남기는 게 진정한 재산이다. 아파트를 최초로 설계한 건축가 르 코르뷔지에는 말년에 4평짜리 작은 오두막에서 살았다고 한다. 인간에게 필요한 공간은 그게 전부라면서. 돈은 반드시 필요하다. 하지만 4평짜리 집이면 충분하다. 그러니 열심히 벌고, 죽기 전에 다 써야 한다. 한 푼도 남기지 말고. 집도 팔고, 전세로 살다가, 여한 없이 쓰다 가야 한다.

돈을 향해 달려가도 좋다. 솔직하게 드러내면 된다. 그저 일하지 않는 것이 문제다. 노동이 곧 삶이니까. 성경에도 나오지 않나. 일하지 않는 자, 먹지도 말라.

'이게 진짜 마지막이다.' 영화를 만들 때마다 그렇게 생각하면서 모든 걸 쏟아붓는다. 하지만 끝나고 나면 언제 그랬느냐는 듯이 새까맣게 잊고 새로운 다음을 준비한다. 나이를 먹어서도 열정을 태우는 이런 순간들이 내 진짜 재산이다.

건물주가 된 연예인들이 소리 소문 없이 보이지 않는 경우가 종종 있다. 노래도 안 하고 연기도 안 한다. 돈을 벌 필요가 없어졌기 때문일까? 하지만 나는 계속 보여줄 것이다. 카메라 앞에서, 무대 위에서, 누군가와 함께 웃고 울면서.

남들이 유산을 모을 때, 나는 재산을 만든다. 맛있는 음식을 나눠 먹고, 좋은 물건을 선물하고, 영화를 만들면서. 사람들과 함께 나누는 순간들이 쌓여 재산이 되고, 혼자 쌓은 부는 유산이 된다. 나는 오늘도 재산을, 누군가와 함께 나눌 수 있는 순간들을 만든다.

유종의 미는
없다

〈2022 MBC 방송연예대상〉에서 공로상을 받았다. 오랫동안 지켜본 바로는, 대부분의 선배님들이 이 상을 받고 방송계를 떠났다. 그러니까 이건 '이제 떠나라'는 메시지였던 셈이다. 하지만 그렇게 호락호락 물러날 내가 아니다.

"많은 분들이 이야기합니다. 박수칠 때 떠나라. 박수칠때 왜 떠납니까? 한 사람이라도 박수를 안 칠 때까지, 그때까지 활동하겠습니다."

회사에는 '명예퇴직'이 있다. 하지만 퇴직에 무슨 명예가 있나? 그냥 '퇴직'일 뿐이다. '명예'라는 말을 붙여서 떠나는 사람의 마음을 조금이라도 달래보려는 건가?

프로그램 마지막 회를 녹화할 때면 PD나 작가들이 '유종의 미를 거두자'고 한다. 그때마다 나는 말한다. "유종의 미가 어디 있어? 그냥 유종(有終)이지. 끝나는데 뭐가 아름다워? 이미 끝난 건데, 쫓겨나는 건데. 미(美)는 없어."

왜 끝을 아름답게 포장하려고 할까? 해피엔딩, 명예퇴직, 유종의 미. 현실을 있는 그대로 보지 못하게 만드는 수식어들. 유종의 미를 거두고 싶다면 끝이 오기 전에 끝이라서가 아닌, 진짜 아름다움을 만들어보자.

당신도 나도 언젠가는 끝을 맞이할 것이다. 그때를 굳이 아름답게 포장할 필요는 없다. 끝나면 그저 끝인 것, 그게 더 자연스럽지 않을까?

박수칠 때 왜 떠납니까?
한 사람이라도 박수를 안 칠 때까지,
그때까지 활동하겠습니다.

삶이라는 완벽한 농담

2025년 3월 12일 초판 1쇄 | 2025년 3월 21일 4쇄 발행

지은이 이경규
펴낸이 이원주

책임편집 이채은, 박인애　**디자인** 데일리루틴
기획개발실 강소라, 김유경, 강동욱, 류지혜, 조아라, 최연서, 고정용
마케팅실 양근모, 권금숙, 양봉호, 이도경　**온라인홍보팀** 신하은, 현나래, 최혜빈
디자인실 진미나, 윤민지, 정은예　**디지털콘텐츠팀** 최은정　**해외기획팀** 우정민, 배혜림, 정혜인
경영지원실 강신우, 김현우, 이윤재　**제작팀** 이진영
펴낸곳 (주)쌤앤파커스　**출판신고** 2006년 9월 25일 제406-2006-000210호
주소 서울시 마포구 월드컵북로 396 누리꿈스퀘어 비즈니스타워 18층
전화 02-6712-9800　**팩스** 02-6712-9810　**이메일** info@smpk.kr

쌤앤파커스(Sam&Parkers)는 독자 여러분의 책에 관한 아이디어와 원고 투고를 설레는 마음으로 기
다리고 있습니다. 책으로 엮기를 원하는 아이디어가 있으신 분은 이메일 book@smpk.kr로 간단한
개요와 취지, 연락처 등을 보내주세요. 머뭇거리지 말고 문을 두드리세요. 길이 열립니다.